YORU NO OTOKO
夜の男
presented by Konoha Asahi

夜《よる》の男《おとこ》

あさひ木葉《このは》

ILLUSTRATION：東野《とうの》 海《うみ》

夜の男

LYNX ROMANCE

CONTENTS

夜の男

プロローグ

「組長襲名、おめでとうございます！」

男たちが声を揃《そろ》えて言祝《ことほ》いで、そして平伏する。

ずっと、見ないふりをしてきた存在、なかったことにした、『犠牲に対して』

（おめでとうございます、か）

深川契《ふかがわちぎり》は、心の中で呟《つぶや》いた。

自分に対して平伏する男たちを、冷めた眼差《まなざ》しで見回す。

貼《は》り付けたような笑みで、「めでたい」「おめでとう」などと、口々に言われることの空々しさに、契は能面のような表情になってしまった。

何が、めでたいのだろうか。

本当の名前を奪われて、他人と交流することもなく、化け物の贄《にえ》にされて生きてきたこの身が、日の当たる世界に出たことが？

本来ならば継げるはずもない、組長の地位を継げたから？

(今更だ)

夜の中で生活してきたせいで、ぞっとするほど白い肌に向けられる欲情と好奇の眼差しに、自分が何者であるかを思い知らされる気がした。

(……あんたたちの思うとおり、俺は人じゃない。あんたたちが、そうしたんじゃないか。組長だなんだと言ったって、それに変わりはないんだろう?)

古い契約で縛りつけられたこの体は、魔物の人形だ。

この深川組を存続させるために、人としての人生を奪われた。

幼い頃は知らなかった、きっと気づかなくてもよかったはずの事実が今、契の胸を波立てていた。

自分の体と引き換えになって守られたものたちを、あらためて契は見回した。

彼らとは、ずっと断絶された環境だった。だから、「自分が守ったもの」と言ったところで、実際のところはぴんと来ないでいる。

「それにしても、加護を受けた組長で、これで組も安泰だな」

「ああ、まったく。一安心だ」

空々しく笑いあう男たちの言葉を聞いていると、自然と契の表情は険しいものになってしまう。

彼らは、契の犠牲を当たりまえのものとして捉《とら》えていた。

賞賛することで、あたかも生け贄としての立場に縛りつけるかのごとく……。

彼らが何を犠牲にして、安寧の上にあぐらを掻《か》いてきたのか。どうしたら思い知らせることができるのだろうか。

彼らから、もういないものとされ、必要な犠牲なのだと嘯《うそぶ》かれたこの身も、もとは同じ人間だということを。

『仕方のない』犠牲なんて、犠牲にされたものの立場からはありえない。

人生を奪われたものの末路を、彼らは見て見ぬふりをしている。

（……それを、思い出させてやろうか）

夜の闇《やみ》の中、溜《た》め込んでいた言葉にできない感情が、契の全身にゆっくりと巡りはじめる。

日の下を堂々と歩ける人々を、彼らの身勝手さを、今更ながら目の当たりにしてしまったからだろうか。

契を犠牲にしてきた人々を。

先祖代々、契の家の下に集ってきたという人々。でも、親しみなんて少しも持てない。

きっとこの感情が、変わることはないのだろう。

ちりちりと、胸が焦げる。

（あんたたちが、俺からすべて奪ったんだ）

嚙《か》みしめるように言葉にした瞬間、闇よりなお黒々とした感情が、溢《あふ》れだしそうになった。

契は動揺した。

奥歯を嚙《か》みしめるようにして、噴き出しかけた何かを抑えこむ。

そして、微笑《ほほえ》んでみせた。

咄嗟《とっさ》のことだった。

噴き出しかけた何かと、『微笑み』とは、多分真逆のものだった。だからこそ、契は多分、無意識のうちに微笑んでいたのだろう。

形にしてはいけない感情が、形になりかけた。そのことを、ごまかそうと。

幹部のひとりと目が合うと、彼は見てはならないものを見たような顔になった。

でも、その顔に、一瞬の揺らぎがよぎったことを、ちゃんと契は目に留めていた。

面白い。

それが、素直な感想だった。

生きた人形に過ぎない契は、今まで人の手で弄《もてあそ》ばれるだけだった。でも、契が笑うことで、こんなふうに人々が揺らいだりするものなのか。

「……俺は、右も左もわからない。皆、よろしく頼む」

ねっとりとした笑みを口唇《くちびる》に含ませて、契はさらに反応を窺《うかが》う。

どういうわけか、わくわくしていた。

こんな気持ちは、初めてだ。

何人かが、息を詰める。

居心地の悪そうに、目を伏せるものもいた。

食い入るように、口唇を凝視してくるものも。

自分が、彼らに混沌《こんとん》をもたらす。

想像するだけで痛快だ。

(この俺でも……、所詮《しょせん》、魔物の人形にしか過ぎない身でも、こんなふうに人の心をかき乱すことができるとはな)

自然に笑みがこぼれてしまう。

(ああ、俺もまるで、ちゃんと『生きている』気がしてくる)

こうして彼らを振り回しつづけたら、どうなるのだろう?

もうずっと長いこと、契はひとりの男しか知らない。知識は彼と、そして辛うじて見ることができるテレビくらいからしか得ていない。

だから、想像をたくましくすることしかできないのだけど……。

(死んだものとして扱われていた生け贄が、『生きて』しまったら、どんな未来が来るんだろうな)

もしかしたら、混沌が訪れるのだろうか。

そうだとしても、甘受してもらいたい。
契の十五年間と引き替えに、彼らは守られてきたのだから。

――この瞬間、暴力団深川組の命運は決まった。

本当は、たった一人でもいい。愛してもらえたら、契はこんな気持ちにはならなかっただろう。

たとえ、相手が化け物だろうとも。

一章

——その部屋に連れていかれる前のことは、ほとんど覚えていない。優しい声で呼ばれた、本当の名前すらも。

「真っ暗……？」

ここが今日からおまえが暮らす場所だ。そう言って、契の手を引いて、離れにつれていったのは、父親だった。

ごつごつとした硬い手のひらの感触を、いまだ契は覚えている。

父は、深川組というヤクザの組長だった。かなり暴力的で荒々しい抗争を厭《いと》わなかった、というのは後年の契が得た知識だが……、当然、警察にも目をつけられていた。

深川組は日本人の組織でありながら、まるで大陸系の組織のような容赦のなさだとも、言われていたらしい。

いざとなれば海外に高飛びをするという選択に躊躇《ためら》いがない外国のアウトローたちは、日本人の極道よりもやることが荒っぽいことも珍しくはない。

父はそういう人たちと、競うような立場だったらしい。

同じ、クズみたいなことをしている間柄で、そのクズな利益を取り合って、殺し合う。

たとえ、破滅に向かっていようとも。

……もっとも、当時の契は、そんな内情を知るよしもなかった。

ただ、普段は兄たちばかり可愛《かわい》がり、契になんて見向きもしない父が、その日は優しく声をかけてくれて、手まで握ってくれたのが嬉《うれ》しかった。

どこに連れて行かれるか、これから自分がどんな扱いをされるかなんてことを、契は知りもしなかった。

「おまえは今日から、ここで暮らすんだ」

「おれのおへやは、あっちだよ」

契は、母屋のほうを指さす。

「いいや、もうおまえの居場所は、あそこにはない」

父親は、笑顔を張り付かせたまま、その暗闇へと契を押し出した。

「ああ、おまえが新しい花嫁か」
闇の中から、低い男の声が静かに響いた……。

「契」
名前を呼ばれ、ぞくっとする。
体が震えた瞬間、契は大きく目を見開いた。
遠い昔の夢を見ていた。
悪い夢よりなお悪い、現実のはじまりを。
——その男の声に反応してしまうのは、もはや条件反射だった。
男に調教されてしまった、とすら思う。
頭より先に、体が反応している。

彼にこれから、何をされるかということを。

首筋に、冷たい感触。

牙《きば》を押し当てられたことに気づいて、契は小さく寝返りを打った。

「……珍しい客人たちが帰っていったと思ったら、早速食事？」

「おまえを愛《め》でてやりたくなった」

床に伏していた契の体に、闇の中から手が伸びてくる。

白く、まるで陶磁器のような肌に、白蝶貝《しろちょうかい》のようにつやのある爪《つめ》。長い髪が垂れて、契の肌をくすぐった。

「今日は、おまえの晴れの舞台だろう？　この闇の中より外に生きることが……、深川の家に認められたのだから」

「晴れの舞台？」

男の言葉は、皮肉としか思えなかった。

むなしい響きに、契は口の端を上げる。

「他に誰もいなくなったから、仕方なく引っ張り出されるだけなのに」

帯を結んでもいない単衣《ひとえ》の着物の前が、はらりとほどける。女物か男物かもよくわからない図案のものを、契はよく着せられていた。

美しい着物で身を包み、魔性の男をその身に惹《ひ》きつけろと言わんばかりに。

それが、幼い頃から、契に課せられた運命だった。

人ならざるものに捧《ささ》げられた生け贄、魔性の花嫁……。

それが、契だ。

単衣からは、たやすく裸体が剝き出しになる。

だが契は、前をかき合わせようという気力はなかった。

室内には、かよわい蠟燭《ろうそく》のあかりが、そこかしこに点《とも》っているだけだ。契の白い肌も、オレンジ色の揺らめきに照らされていた。

床から持ち上げるように自分を抱き寄せる男から、契は逃れることができない。

今にも首筋の肌を食い破ろうとしている牙に、身を任せるしかなかった。

腕を拘束する力は人を超えており、どうせ逃げられない。

それ以前に、今更逃げたところで、穢《けが》され続けてきた体が、清められるものでもない。契はどうせ、もう人の世界には居場所がないのだ。

「心配だ。おまえは、『人間』をよく知らないから」

男は、甘やかな声で囁《ささや》いている。

彼は、とても心配性だ。

その心配も、どうせ契に向けられたものではないのだろうけれど。

「この年まで、私とふたりっきりだったおまえだから……。……人間の体は脆《もろ》い。この闇の中で、大事にしていてやりたいが、そうもいかないようだし」

大事に、という言葉に肩が跳ねる。

たしかに、契は花韻《かいん》に慈しまれてきたかもしれない。

その膝《ひざ》の上で抱き上げられて、大きくなった。

……でもそれは、別に契のためじゃない。

花韻が、理想の『契』を作りあげるためだろうに。

幼い日、曇りないまなこで彼の愛情に溺《おぼ》れた頃のように、もう契は戻れない。

(俺が外に出られないのも、あんたの望みじゃないのか?)

幼い契が「外に出たい」と世話係に頼んでも、決して出してはもらえなかった。花韻も、連れ出してはくれなかった。

この薄明の箱庭が、契の世界のすべてだ。

そして、この魔物に体を貪《むさぼ》りつづけられることが、契の役目だったのだ。

それでも、幼い頃はまだマシだった。

家族に捨てられたと思ったが、かわりに花韻がいてくれた。彼は優しく、契の年の離れた兄のような態度で育ててくれたのだ。
血が吸われたことで、契は彼を怖れたりもしなかった。
ただ、関係はそれだけでは収まらなかったのだ。
契は、彼の『花嫁』にされてしまった。
その上……。
契は小さく頭を横に振る。
よそう、考えても仕方がないことだ。
「まあ、私が守ってやる限り、万が一ということはないだろうが」
「……っ」
首筋に、牙が突き刺さる。
皮膚が破かれ、契の中から、血が、生気《イド》が溢れはじめた。
自分の命が吸い上げられていく感触に、ぞくぞくした。
それと同時に、体内に流れ込んでくる悦楽の予感に、契は大きく目を見開いた。
もう十五年以上もこうして、契は食われている。
毎日毎日、この花韻という吸血鬼の餌《えさ》になっている。
それなのに、吸血の瞬間に慣れることはない。

それは決して惰性になりえず、契に生々しくも倒錯した快楽を与える。

体が熱くなり、瞳《ひとみ》がとろりと潤み、濁り、そして契自身から、心までもが花韻に奪いとられていく気すらした。

契は、彼に捧げられた生け贄だ。

深川組という歴史ある任侠《にんきょう》の家に生まれた契は、物心つく頃までは親元で暮らしていた。明るい、日の下で。

だが、その深川組の看板を守るために、実の父親の手で花韻に捧げられたのだ。

「おまえの血は美味《うま》いな」

「あ……っ」

「どれだけ呑《の》んでも、飽きることはない」

血を吸い上げられるに伴って、まるで理性や思考力まで吸い上げられていく気がする。

頭の芯《しん》にぼんやりと霧がかかるような感覚、そして触れられている場所に与えられるものに意識が奪われて、なにも考えられなくなっていく……。

食われる。

その原始的な情動にぞくぞくとする。

快楽と、密接に結びつけられた本能だ。

契は、そういう体に変えられてしまっていた。

血と引き換えに与えられるものがあると知っている体は、もう反応しかけている。快楽に慣れている体は、その予感にすら震えてしまった。

花韻に反発心を抱いてからも、この感覚には抗いがたい。

尖《とが》った乳首に触れるように、花韻の手が着物のあわせを開いていく。

契がこの吸血鬼の餌となったのは、まだ幼い頃の話だ。

もう忘れてしまった別の名前で呼ばれていた契は、ある日突然、『契』という名をつけられて、この離れに父親の手で送りこまれた。

蠟燭のあかりしかない、閉ざされた屋敷の離れ。ここに、契の一族にとりつくように吸血鬼が隠れ住んでいたなんて、まるでできの悪いおとぎ話だ。

おとぎ話がしばし血なまぐさいように、花韻が契の一族、深川家にいることにも、血の臭いがまとわりついていた。

維新のどさくさで生まれた侠客集団を基にしている暴力団・深川組は、武闘派として代々知られてきたヤクザだ。

花韻は、その深川組——否、深川の血筋に捧げられた『契』という名の花嫁と引き換えに、その人知を超えた力を振るう。

汚れ、呪われた守護神として。

つまり、生け贄を捧げれば、深川組を魔物が守ってくれるというわけだ。

こんなことを外で話しても、誰も信じてはくれないに違いない。

ただの与太話だと、一笑に付されるだけだろう。

ところが、深川の一族と、深川組の代々の幹部だけは、花韻の存在を信じてきた。いや、実際に見せつけられてきたと言ってもいい。

もっとも、伝説の時代は遠く、『花嫁』が捧げられる風習もいつしか途絶えていた。そして、深川家本邸の敷地の片隅にある、土蔵のような離れのことは誰もが見て見ぬふりをしていたのだ。

屋敷の一角に、人ならざる者が巣くっている。そんな異常事態を深川家と深川組の執行部は受け入れていたが、なかったことにしていたということになる。

閉ざされた闇は、暴かなければ大人しい。そのことを、誰もが知っていた。人知を超えた力を欲しないのであれば、生け贄を使って取引をする必要もない。

花韻はずっと、闇の中にひとりで眠っていたらしい。

維新の動乱期から、深川組を守っていた『それ』のことを、深川の一族なら誰もが、寝物語のように聞かされてきた。

人ならざるものは、生け贄と引き替えに、深川家の敵を屠《ほふ》ってくれる……、と。

時の流れは闇の守護者の力を必要としない方向へと進んでいき、このまま離れも朽ちるのではないかと、思われていたらしい。

しかし、離れの扉は、十五年ほど前に、再び開かれてしまったのだ。

契を生け贄にして、吸血鬼を使役するために。

契の兄の命が抗争で奪われたことから、非現実的な契約が、リスタートされてしまった。

暴力的で、手段を選ばない大陸系の黒社会組織・黒幣《こくへい》。その鉄砲玉に契の長兄である保《たもつ》が殺されたことに、組長である父が危機感を抱いた結果だった。

昔と違い、今となっては、日本の暴力団組織は派手な抗争ができない。やりすぎては、すぐに司直の手が回る。

そのため、契の父親は法律の枠外の生き物——吸血鬼を使役することを選んだのだ。

組を、そして父親自身の命を守るために、吸血鬼である花韻の力を使う。血なまぐさい道具として花韻を利用する対価が、契だった。

悪夢のようなおとぎ話は、こうして現代に復活した。

その結果、契はこの闇に閉じ込められた。

本当の名前も、忘れさせられるような長い間……。

『契』というのは、吸血鬼に捧げられる深川の人間の名だ。花韻の贄になることが決まったものは、その日から元の名前を失ってしまう。

その名は、吸血鬼の最初の恋人である、深川家の娘のものだったという。

身も知らぬ、遠い先祖のことが、契は恨めしい。

この吸血鬼がどこから来たのかは、契も知らない。

彼が遠い外国から、維新の動乱期に日本に辿《たど》りついたということだけは、間違いないようだ。本人も、契にそう語った。

幼い頃は、見知らぬ外国の話を聞くのが、楽しみのひとつでもあった。そんな自分の無知を、今は呪《のろ》ってもいるのだが。

なんの因果か、遠いヨーロッパを離れて極東の島国に辿り着いた吸血鬼は、契の遠い先祖である人間の女と激しい恋に落ちた。傷心を慰めたからだと、契には教えてくれた。日本に辿りついたとき抱えていた傷を、丁寧に癒やされたのだ、と。

彼女との恋を深川家に認められるために、花韻は人間に尽くすことを選んだ。

吸血鬼は、恋多き男だった。

ヨーロッパを離れた理由は、人間の女と親しくなった結果、迷信深い人々に女が殺されてしまったからで、苦い経験をもとに日本では人間との共存を考えたのだという。

そして、花韻は深川家を守護するようになった。

しかし、人と吸血鬼とでは、あまりにも時間の流れが違う。人間だった、花韻にとっての最初の深川の『花嫁』はあっけなく死んでいった。

そして死んだ恋人を忘れられない不老不死の男は深川家を離れず、恋人の縁者たちを慰みものに使っている。

そして、当代の『契』は自分……。

花韻の花嫁となったあと、寝物語に深川家との馴《な》れそめを聞かされてからずっと、契の心の中にはよどんだ感情が満ちている。

つまり、自分はただの身代わりなのだ。

花韻は契を慈しんでくれるが、契本人を愛しているわけじゃない。この名を持つ女のことを、愛でているのだ。

そんな男に、このまま闇の中で寿命が尽きるまで、契は飼われつづけるはずだった。

それなのに、自分を闇の中に閉じ込めたのも兄の死ならば、ふたたび別の兄と元凶の父の死によって日の下に戻されることになろうとは、いったい誰が想像しただろう。

兄と父が相次いで死んだため、深川家の男は、化け物の生け贄にされた契しか存在しなくなった。

契を生け贄にした人がいなくなったときに、深川組の組長の座に一番近い場所にいるのは、契だったのだ。

こんなことになるとは、契は考えもしなかった。

契はこれから、この闇の中から外に引きずりだされる。

花韻の承認も、あってのことだった。

父と兄の死を伝えにきた深川組の執行部の話によると、外の世界では、まだ血なまぐさいことが起こっているらしい。

深川組は花韻を手放せないために、お伺いを立ててきた。『花嫁』を、我々の頭領として祭りあげたいのだ、と。

吸血鬼の供物として、いなかったものとして、今まで扱っていたくせに。

……『花嫁』になる意味を、知らなかったとは言わせない。

(勝手ばかりだ)

幼い契を吸血鬼に与えて組織の保身を図り、そして今、どうか組長になってほしい、深川組を守ってほしいなどと懇願をする。

外の世界の明るさを忘れてしまったこの身を、果たして彼らはなんだと思っているのだろうか。

(皮肉でしかないな。俺が組長になるなんて)

父や兄が死んだと聞かされたのに、もう悲しいと思えなくなっている。随分前に、母が死んだと聞いたときは、まだ悲しかった気がするのだが。

それだけ、闇の中に閉じ込められていた時間が、長くなりすぎたのかもしれない。

深川の本家は死に絶えたわけではない。

たしか、契のあとに妹が生まれたと聞いている。

兄弟や両親の誕生日には、運ばれてくる食事がいつもより豪華で、お祝いごとのある日なのだと教えられた。

時々離れを訪れて、契の身の回りの世話をする者の存在だけが、契にとってはかろうじて外の世界との接点でもあった。

兄二人が死に、あとには契と妹だけ。顔も知らない妹は、吸血鬼の生け贄になった兄と対面させられたら、どう思うだろうか。

(妹か。ぴんと来ないな)

それは、契の正直な本音だ。

顔も見たことがない相手なので、妹の存在というのが、まず実感がない。

「……どうした、気もそぞろだな」

甘やかな声で、花韻が語りかけてくる。

「外の世界が気になるか?」

露《あら》わになった胸元に、花韻は触れる。

その指先からも、生気を吸い取られているような気がした。

頭の芯から、ぼんやりしてく感覚。心ごと奪われてしまうかわりに、強烈な熱が契には与えられるのだ。

これもまた、花韻の『食事』だ。

契は、花嫁という呼び名の『餌』でしかなかった。

かつての恋人の末裔を寵愛しているというと聞こえはいいが、結局のところ、花韻にとっての契はただの餌だ。寂しい時間を慰めるための人形でもある。

人形だから、可愛がられてはきたのだけれども……。

「……っ」

手のひらで胸を撫《な》でられるだけで、甘い熱がわき上がっていた。完全に硬くなってしまった乳首を軽く手のひらの窪《くぼ》で転がされると、それだけで淫《みだ》らな吐息が漏れる。

「……や、め……」

「日の下に出ると、これまでのように、ただ睦《むつ》みあうだけではいられないだろうな。おまえは、私だけではなく、人間たちの相手もしなくてはならない」

「……っ」

乳首の先端に指の腹を置かれ、縁を描くようにくりくりと回される。

固く、丸まってしまった乳首は、単調な刺激にも弱い。慣れ親しんだ快楽が、じわりと湧《わ》き上がりはじめた。

「嬉しいか、契？　テレビで見る外の世界を、随分羨ましそうな顔で眺めていただろう？」

「……」

契は黙りこんでしまう。

テレビを見て、外に出たい気持ちを募らせていたわけじゃなかった。ただ、彼らと自分は随分違う生き物に見えて、それが不思議でたまらなかった。

自分も、彼らのように生きる可能性があったということが。

……そして、考えるのだ。

もし自分が、この闇の中以外に生きる場所があるのなら、胸の中にわだかまる『想い』を抱かずにすんだのか、と。

上手く言葉にできなくて、秘めたままのことなのだが。

「お望みのとおり、おまえが外に出ることは認めよう」

花韻は、契が外の世界に憧《あこが》れていると、決めてかかっているらしい。

外に興味がないわけではないし、否定するのもおかしな気がして、契はただ、その言葉を聞き流すことに決めた。

「今のうちに、たっぷり愛でさせてくれ」

「……そんなこと言って……、これまでの暮らしも、今までと変わりないんだろう？」

契が花韻の生け贄であることは、なにも。

彼が愛でるための人形であることも……。

熱に浮かされ、掠《かす》れた声で、契は呟く。

それは、自分の運命への諦めの言葉でもあった。

「当たり前だろう。おまえは、私への供物だ」

花韻は笑う。

うっとりと、思わず見ほれたくなるような表情で。

彼は美しい男だった。

契はろくに他の人との接触はないけれど、怖々とこの離れにやってくる契の世話係や、テレビの中に出てくる美男美女と言われる人たちの誰よりも、花韻のほうが綺麗《きれい》だ。

「闇の中と、光の下と。おまえはこれから、行き来するようになる。……私も、心地よい闇の中にだけいるわけにはいかないだろうな」

花韻の口唇が、契の胸元に触れた。

強く吸い上げられ、小さく契は息を漏らす。

「ん……っ」

きっと、契の肌には花韻の跡がついている。この体は、彼の所有物だった。契の自由に、なりはしない。

「たっぷり、おまえを味わわせてくれ。おまえを守りきる力を、私に与えてくれ」

そう、セックスもまた吸血鬼の食事だ。

血を吸うだけが、吸血鬼が人から生きる糧を得る方法ではない。彼らが餌にしているのは、血そのものではなく、そこに含まれる生気だった。

「勝手に、奪っていくくせに……っ」

自分の手から、意識がするすると抜けていく。そんな感覚を味わいつつも、おぼつかない口調で契は呟く。

「俺の、なにもかもを」

「ああ、そうだ。おまえは、私のものなのだから」

「……あっ」

花韻が、契の乳首を摘まみあげる。きゅっと指先に力を入れられると、それだけで一瞬意識が飛びかけた。

こりこりと固くなったそこは、力を加えられるだけで、強烈な快感を得てしまう。

契の意思にはおかまいなしで、体は花韻の手管に反応していた。

まだ触られもしていないのに、既に下半身では性器も快楽に喘《あえ》ぎはじめている。

——今更、か……。

花韻に与えられる悦楽を、契が拒めた試しはなかった。

契の体は、快楽に従順だ。

幼い頃から、花韻に貪られながら生きてきた。当たり前のように、この身に馴染《なじ》んでしまっている。

いや、蝕んでると言ったほうがいいのか。

花韻に犯されたのはそれなりの年齢になってからだが、直接的に体を貪られるよりも先に、吸血の陶酔という禁断の蜜《みつ》を、契は花韻の手によって教えられていた。

最初は、頭がぼうっとするような、すべてが持っていかれる感覚。そして、いつしか体が熱くなり、『疼《うず》く』という感覚を知ってしまった。

「触れられただけで、こんなに反応してどうする？」

「あう……っ」

勃起《ぼっき》しかけている性器を、太股《ふともも》で軽く押されて、契は思わず小さく声を漏らした。

硬くなりかけている場所というのは、どうしてこんなに敏感なんだろうか。芯が通ったところを潰されるように動かれると、どうしてもあられもない声を上げてしまう。

そして、全身を淫らな熱が巡るのだ。

「私は、時折おまえが心配になる」

ことの元凶が、思わせぶりに笑っている。

「閨《ねや》の外で生きていけるのか、と」

「……誰のせいだと……っ」

さっと、契は気色ばんだ。

花韻がこんな体にされたのは、闇の中に閉じ込められたのは、花韻のせいだ。

契の首筋に歯を立てて血を啜《すす》り、人形のように全身を愛でて快楽を教え込み、時間をかけて、体を変えた。

幼い頃は、彼の膝の上で甘やかされるだけだった。

そして、甘やかされる代償に、血を吸われた。

幼心に、気持ちいいと思ってしまった時点で、契は堕落したということなのかもしれない。快楽を享受してしまったのだ。

でも、契が成長し、彼の膝に手足が収まらなくなった頃に、ただ吸血だけではすまなくなった。生そのものを貪り食らうように、花韻は契を犯すようになった。

闇のように溶け込むような男は、輪郭も霧散しそうだ。気を抜くと、ありとあらゆる場所から、契の中に入ってこられてしまいそうだ。

「もちろん、私のせいだ。おまえは、私の供物なのだから。私以外の男を知るはずもない。そうだろう？」

「わかってる……なら……」

「わかっているが、何度でも確かめたくなる。……昔はあんなに従順だったおまえが、ずいぶん可愛げがなくなってしまったからな」

「……智恵がついて、かわいげがなくなったと……？」

「さあ、それはどうだろう？　智恵がついても、可愛いものは可愛い」

それは、かつての彼の『花嫁』か。

それとも、きっかけになった女のことか。

上手く言葉にできないもやつきが、契の胸にじんわりと広がっていく。

この気持ちがなにか、契にはよくわからない。

それに、与えられる快楽の中に、霧散していってしまう。

ふたりっきりで長いこと過ごしていたのだから、快楽だけではなく、知識も智恵も、すべて花韻に教えられた。

外界との窓口は、テレビやラジオ、そしてインターネットだけ。契は、ろくに外に出ることはなかった。

闇の中で、花韻の餌となるのが役割であり、花韻の手というよりも、深川家の手で、この離れに封じられていた。

逃げだそうという気力も湧かなかったのは、父親の手でこの闇に押し込められたのだという自覚があったからだ。

帰る場所が、契にはない。

家族の手で生け贄にされたことで、契には逃げ場がなかった。花韻は幼い契には優しかったし、彼が拠《よ》り所になるまでに、それほど時間はかからなかったのだ。

餌が、捕食者を拠り所にするなんて、滑稽な話だけれど。

吸血鬼は、血を吸う相手を魅了するという。まさに、契は花韻に魅了されているということなのかもしれない。

(俺は馬鹿《ばか》だ。花韻の思惑にも気づかないまま、こいつがすべてのように思っていたことも……あった)

他に誰もいなかった。だから、契の全部は花韻に捧《ささ》げられた。家族愛、友情……。それも、『あのとき』にすべてを失ったのだが。

(……考えるのは、よそう。もう、昔のことだ)

どれだけ嘆《なげ》こうと、変えられることなど何一つない。

名前を奪われたときに、契は人生も奪われたのだ。

乳首をくにくにと弄《いじ》られるたびに、契の体は大きく震え、跳ねる。痛いくらい硬くなった乳首を押したり、ひねられたりするだけで、全部意識がそこに持っていかれそうになる。

「今のおまえも悪くない。だが、素直なおまえも恋しくなることもある」

花韻は、忍び笑いを漏らした。

「この体の素直さを、たまには愛でたくなっても、仕方があるまい」

「ひあ……っ」

強く乳首を抓《つね》られると、そこに生じた熱が、下半身へと集まっていく。

熱が溜まった性器は、触れられる前から形を変えはじめていた。

「いい声で鳴くな。……乳首はそんなに好いか？」

「……っ」

「こうして、指で挟まれて、こねくり回されて……、先端に爪を立てられるのはどうだ？」

「ああ……っ！」

契は、一際甲高い声を上げる。

耳孔《じこう》に吹き込まれる艶めいた声が、契の官能を掻き立てる。その上、弱い乳首が赤くなるほどにいたぶられて、歓喜の声を抑えられるはずがなかった。

「……だ、め……っ」

「どれ、久しぶりにおまえの乳から飲ませてもらおうか」

「……っ」

きゅんと、乳首がすぼまった。

ただでさえ固くなって、これ以上の反応はないと思っていたのに。

花韻の膝の上に横抱きに、契は抱き上げられる。その拍子に、裾《すそ》が乱れてしまった。はだけた着物の影に隠れていた性器は、すっかり勃起しきっていた。

薄明かりの中、雪のように白い契の体は、浮き立つようだった。この体を、魔物の目がじっと見つめている。

はしたなく、快楽に溺れつつある反応を、余すところなく。

「美しく、淫らなおまえが、これから男ばかりの任侠の世界に分け入っていくことになるのは、心配だな。彼らには、目の毒だろう」

「ああっ！」

尖った歯で乳首に噛みつかれ、契は悲鳴を上げる。

しかし、その声には隠しようもない、享楽が滲《にじ》んでしまっていた。

固くなった乳首は興奮しきって、ぱんぱんに張り詰めている。そこの薄い皮膚を花韻の牙が咲いたことで、乳のかわりに血が滲んだ。

それを啜りあげ、舐《な》め回しながら、花韻は嘯く。

「外の世界でなにかあったら、私を呼べ」

ちゅくちゅくと、いやらしい水音を立てて乳首を吸い、舐め回す合間にも、花韻は契へと語りかけてくる。

いや、それは命令に等しいのかもしれない。

「どこにいても、私はおまえの声に応えるだろう。日の光は致命的ではないが、私には闇が心地よい。……ずっと、ついていることはできないが……。闇があるところならば、私はどこでも、おまえのためにはせ参じることができる」

「……っ」

「おまえは私が手塩にかけて育てた、花嫁なのだからな」

「……ああんっ」

ひときわ強く乳首を吸い上げられ、契は啼く。

（体が、熱い……）

一度、大きく背が弓なりにしなってから、ぐったりと体から力が抜けた。

開いてしまった契の足の間に、花韻は手を伸ばしてきた。

すっかり勃起してしまっている契の性器の先端は、もうぬるぬるに濡《ぬ》れており、花韻の指をも濡らしていく。

「ひゃ……っ」

溢れだした契の情欲の滴を性器全体へとまんべんなくまぶすかのように、小器用に花韻の指先は蠢いた。

「ひ……う…っ」

欲望の形をなぞられると、そこは敏感に反応する。ひくひくひくつきながら、先端の孔《あな》がだらしなく開き、だらだらと先走りを溢れさせた。

この行為を教えられたとき、最初、契は逆らいもしなかった。自分は花韻の花嫁で、彼にされることはすべて受け入れる義務があるのだと、思っていたからだ。

でも、今は違う。

『あのとき』から。

こうして花韻に抱かれるのが、辛くて仕方がない。

本当は逆らいたい。

やめろと言いたい。

でも、言えない。

本当に、徹底的に花韻を拒んだときにどうなるか。

結果は、想像するだけでも怖くて……。

それに、花韻の瞳で見つめられ、血を啜られると、反抗心も薄れていく。快楽に、すべてを飲み込まれていってしまうのだ。

そして、辛さも……、彼に抱かれて味わう孤独すらもすべて、快楽の色に染められる。

あがくように身を捩《よじ》るが、そのまま性器を摑《つか》まれる。

うっと息を呑んだ契に、花韻が口づけてきた。

血の味のするキス。

鉄さびの味が口内に広がり、契は眉《まゆ》を顰《ひそ》めた。

これは、契の血だ。

深川組の敵を、花韻が人知を超えた力で排除する代償。そのために、契は花韻に差し出されたのだ。

だから、自分たちには血の味がふさわしい。

舌先の味を嫌悪する。

表情を歪《ゆが》めた契だが、すぐに深いところまで舌に入りこまれ、喉奥《のどおく》をさぐられはじめたせいで、すぐに体から力が抜けていってしまった。

「……う、ん……っ、く……」

喉の奥の粘膜すら性感帯に変えられている契にとって、口づけすらもセックスだった。

喉奥まで侵入され、舌で犯されると、性器が一気に反り返り、腹にはこぼれ落ちた先走りが溜まりを作ってしまった。

(堕《お》ちる――)

今更絶望も何もない。

だが、この瞬間を、契は諦観《ていかん》しきれないでいた。

彼に犯され、自分は人間ではなくなる。

男でもない。

快楽に溺れ、本能でそれを求めつづける、ただの雌《めす》だ。


「……んっ、あ……あふ……っ」

欲望を擦《こす》りあげる、花韻の手。

己に性の喜びを教えた男の手管に、契はとろりと蕩《とろ》けていく。

硬く、快楽で張り詰めた契の性器は、他人の手による快楽しか知らない。花韻に手ほどきされ、植え付けられた淫楽《いんらく》は、またたくまに契から理性を奪った。

もとより、吸血鬼の魔力に、人間は抗《あらが》えない。

少なくとも、花韻は契にそう教えた。

だから、逆らっても無駄なのだと。

彼の言葉どおり、契の意地など花韻の与える淫靡《いんび》な歓《よろこ》びの前には無力だった。性器は素直に欲望で膨れあがって、恥知らずにも期待たっぷりの涎《よだれ》を垂れ流している。

最初は抗っても……。花韻に見つめられ、吸血されながら触れられると、もう契には逆らうすべは残されていなかった。

「……あんっ、ふ……」

「気持ちよさそうだな。……おまえのそういう顔を見るのが、私にとっては何よりも歓びだ」

契の性器を扱《しご》きながら、花韻は密やかに笑う。

「……ん……っ」

「乳首もこんなに勃起させて……。少し触らないでいると、切なく疼くかのように、ひくつくじゃないか」

「ひゃうんっ！」

ぐちゅぐちゅと、わざとらしいくらい音が立つように性器を扱かれながら、乳首の先端に噛みつかれる。

その途端、脳天まで貫くような快感が、契の全身を貫く。

花韻の尖った歯で強く噛まれてから、すっと力を抜かれて口唇を離されると、赤らんだ乳首がじんじんと痺《しび》れて仕方がなかった。

「あ……っ」

乳首を下から上に、舌先で持ち上げられるように舐めたかと思うと、花韻はすっと口唇を離していく。

口内に包まれていたそこに外気が触れた途端、切ないような気持ちになった。

もっと、そのあたたかな粘膜で、乳首を包み、吸い上げ、ざらついた舌先でこねくり回してほしい。

そして、玉のように硬くなった乳首を噛んで、甘い痛みを与えてほしかった。

「どうした、物欲しそうな顔をして」

契の顔を覗《のぞ》きこんできた花韻は、ゆるゆると性器を扱きつづけていた手を止めてしまう。

刺激にならない、でも触れられていることは感じるゆえにもどかしいという絶妙の力加減で、契の性器を包みこんだままで。

「……っ」

だらしなく、口唇を閉じきれないほど快楽に溶けている契は、訴えかけるような眼差しを、花韻に向けてしまう。

乳首にも性器にも、もっと快楽を与えて欲しい。

この行為に、言葉にしがたいもやついた感情を抱えていたはずなのに、いつしか快楽を貪ることしか考えられなくなっていく。

心が吸い取られて、かわりに淫靡な歓びを空っぽの体に流しこまれていく気がした。

「言葉にしてくれなくては、わからない」

誘いをかける声は、甘い。

吸血鬼は魅力的で、人を誘惑し、堕落させる。そういう存在だと言われていることを、契はインターネットやテレビのドラマ、映画などで知った。

花韻という男は、そういう一般的な吸血鬼のイメージそのまま、甘い声で契を堕とす。

「ねだってみなさい」

「……もっと……」

見つめられると、その人ならざる色を持つ瞳に、自分の何もかもが吸い込まれていく。理性も、欲も、意地も。

最後に残るのは、快楽だけだ。

「……もっと、して……」

ねだるときの甘え声に、契は自覚がなかった。もしそれを意識してしまっていたら、淫らな欲望を抑えこむように、きっと口を噤んでいただろう。

しかし、今の契には快楽しかない。

「……さわって……」

幼い頃、甘えて「だっこして」と言ったのと同じ声のトーンで、契は花韻にねだる。

「どこを？」

「きもちいいところ、いっぱい……」

快感の奴隷になって、契は無心にせがみ続ける。官能の歓びだけを本能的に求めつつも、目の前の男だけが満たしてくれることだけは、はっきりとわかっていた。

理性がそぎ落ちた挙げ句に、結局のところ、花韻だけが契の中に残っている。

「具体的に、どこか教えなさい」

契の瞳を釘付けにしたまま、花韻は微笑んだ。

花が開くように、あでやかで美しい笑顔だった。

吸血鬼というのは、誰もかれもがこんなにも美しく、魅惑的なのだろうか？

「ここ、と……、ここ……」

促されるまま、契は乳首と性器を自分の指で触れる。乳首を摘まみあげて、己の性器を花韻の手の甲の上から押さえるように包みこんだ。

「ん……っ」

自分で触っただけでも、体が中心に向かってすぼまっていく気がする。握りこんだ手のひらの感覚に、契は喘ぎ、噎《むせ》んだ。

「どうしてほしい？」

花韻の声は、甘い毒だ。

契を体の芯から、痺れさせる。

「……乳首、いじめて……。嚙んで、おねが……い……っ」

契は乳首を摘まみあげて、自分の指先で弄りはじめる。

でも、嚙まれたときの、鋭く甘い刺激は、得られることがない。それがもどかしくて、契は小さく身じろぎをする。

ただ撫でられるより、少し痛いくらいのほうが気持ちいい。最初はじんとした痛みで体が疼くし、その痛みを覆い尽くすように強烈な快感がわき出すからだ。

「いじめてほしいのか。契の淫猥《いんわい》な貪婪《どんらん》さには、驚くばかりだ」

花韻はほくそ笑む。

「淫靡で、生気に満ちた『花嫁』で嬉しいよ」

低い声で笑われる。

「……あ…っ」

笑われながらも、契は自分自身を弄びつづけた。

花韻の眼差しにさらされながら、ひたすら契は快感を求める。なにも考えず、指を動かして、快感を生む場所をまさぐりつづけた。

揶揄《やゆ》されても、被虐の悦びが全身に満ちるだけで。淫乱で、快楽に貪欲《どんよく》な『吸血鬼の花嫁』の本能が、契を突き動かしていた。

「そんなふうに誘惑されると、たっぷり可愛がってやりたくなる」

花韻の言葉に、期待で胸が膨らんだ。

乳首も性器も、自分で触るのも好いが、やはり主である花韻にいじくられるほうが、ずっと気持ちがいい。情け容赦ない、手加減抜きの強烈な快楽で、契を翻弄してもらえるからだ。

「痛いのが、好きなのか」

「……好き……」

夢うつつで、契は答える。

素直になれば「いいこと」がある。それを、契は幼い頃から条件付けされつづけてきた。花韻の与える快楽は甘美だ。それ以上の何ひとつ契に与えてくれないくせに、欲せずにはいられない極上品だった。

理性をはぎとられた今、素直な言葉がひっきりなしに溢れてしまう。

「……花韻に嚙まれるの…、好き……」

意識を朦朧《もうろう》とさせながらも乳首を弄り、契は喘ぐ。

「おっぱい、好きぃ……」

幼い口調で訴えると、花韻はしこりきった乳首の先端に口唇を近づけた。

でも、まだ触れてくれない。

「可愛いことを言う」

「あう……っ」

すぐ傍で話されると、くすぐったいような気持ちになる。

これは、なんだろう？

空気の振動にすら、感じさせられているのだろうか。

「乳首だけ嚙んでやればいいのか？」

「ひゃっ」

思わず、甲高い声が漏れた。

濡れた乳首に息を吹きかけながら、花韻は問いかけてくる。

ふっふっと短い息を何度も吹きかけられ、契はそのたびに、「ひゃっ、ひゃっ」と喘いだ。こんなに気持ちいいことを、我慢できるはずもなかった。

「こう、して……」

物欲しげに震えていた乳首に嚙みつかれて、満たされたように契は声を上げてしまった。浅ましい欲望を暴かれているというのに、羞恥心《しゅうち》すら快楽のスパイスでしかない。

「……ん、ここも……」

花韻の手ごと、己の性器を包みこみ、強く揉《も》みこみながら、契はねだる。

だらだらと溢れだしている先走りのせいで、そこはぬめりを帯びていた。少し指を動かすだけで、粘つくような音がする。

快楽の水音は、今の契を煽《あお》るだけだ。ぐちゅぐちゅと繰り返し音を響かせるように、己の性器をまさぐってしまった。

でも、これでは足りない。

先ほどまでのように、花韻に強く擦ってほしい。根元から先端まで、その大きな手のひらに包みこんで、はしたない上下運動をしてほしかった。

「ここだけでいいのか？」

花韻は、そっと耳打ちしてくる。

軽く耳たぶを噛まれて、「ひゃあ……っ」と気が抜けたような声が漏れた。花韻に触れられることで、また快楽がひとつ目覚める。耳まで性器だ。

「本当は、もっと触ってほしいところがあるだろう?」

そそのかすような言葉に、ごくりと喉が鳴る。

そこがどこなのかと、自問自答するまでもなかった。

先ほどから、意識している場所がある。

自然と、そこには力が入った。

「……中……」

掠《かす》れた声で、契は呟く。

「契の中、きて……っ」

揺れている腰が求めているのは、男の欲望そのものだ。

花韻によって雌にされた穴は、契の体に快楽の火がともった途端に、行儀悪く疼きはじめる。

「花韻の、ほしい……」

穴の内側で、柔らかな肉が蠢いている。

そこはとても欲しがりだった。一度疼きはじめると、男を咥えこまずには収まらない。

本来のそこは、男を咥《くわ》えるような場所ではない。だが、雌の快楽を知り、花韻の性器の形を刻まれた肉襞《にくひだ》は柔軟で、貪欲だった。

体は密着していて、欲しいものはすぐ傍にある。

それがわかっているから、ねだるように体をこすりつけてしまった。

「それでは、自分で自分のペニスを慰めなさい。かわりに、私はおまえの欲張りな穴と乳首を可愛がってあげよう」

「……うん…」

あどけない口調で頷いた契は、花韻の手のひらから放り出されてしまった性器を、己の手のひらで包みこむ。

両手で勃起したそこを包みこむと、じっとりと濡れたそこは、手のひらにしっとりと吸い付いた。粘りけのある先走りの力を借りるように、契は上下に扱きはじめた。

「……あっ、いい……、おち……ん、すごく、いい……!」

契は歓喜の声を上げる。

幼く卑猥な言葉を口にすることは恥ずかしいと、知識では知っている。でも、実感がない。あまりにも長いこと、花韻との行為だけに溺れてきたせいだろうか。

「本当に、このときばかりは、子どもの頃と変わらないんだな」

花韻は、満足げだった。

欲望に素直な契を愛でるように、花韻は契の乳首に嚙みついた。

「ああんっ」

甘い刺激に、契の背はしなる。痛みは一瞬で、じんじんする痺れとともに、甘い快楽が沸き上がってきた。

ぬかるみに引きずりこまれる。

もっと、欲しくなってしまう。

「……あ、う…っ、花韻……」

契にとっての性交は、ただ快楽という意味しかなかった。

愛を知らない。だから「好き」とも「愛している」とも言ったことはなかった。

その言葉を、知らない。

かわりに、自分を支配する男の名前を呼ぶ。

「花韻、かいん……、きもちい……い…」

「可愛いな。私の名を呼ぶのが好きか」

花韻は微笑むと、契が広げた足の間に指をいれてきた。

「そうやって、これからも私だけを呼ぶといい。……いつでも私は、おまえの声に応えるだろう。たとえ、どこにいようとも」

「あう……っ」

穴を指の腹で押されただけなのに、契の全身を快楽の電流が貫く。そして、閉ざされているはずの穴は、たったそれだけのことでひくつき始めてしまった。

男を受け入れることに慣れすぎた穴は、柔らかく、ふっくらとしていた。そこに、花韻の長い指が押し入ってくる。

濡らされてもいない指だが、何も問題なく、契の中に入ってきた。

本来濡れるはずもない肉穴は、まるで自ら濡れてしまったかのようで、花韻の指にしゃぶりついていた。

「ああ……っ！」

挿入される指に、契の浅ましい穴が歓喜する。ぎちぎちに指を締め付けて、その骨のある硬さを味わうと、入り口から奥までが刺激を欲しがる。

「……んっ、い……いい、もっと、もっとなかぁ……」

指では、長さも太さも足りない。

もどかしげに、契は身を捩る。

もっと奥まできてほしくて、はしたなく足を大きく開きして、腰を花韻に突き出すような姿勢をとってしまう。

無意識の、M字の媚《こ》び。その破廉恥な姿が、花韻の瞳いっぱいに映っていた。

「そんなに、ここに何かを咥えるのが好きなのか？」

ぐいっと、花韻がぎりぎりまで、指を押し込んできた。

「好きぃ……っ！」

悲鳴のように、契は返事をする。花韻の指先が、体内で一番感じやすいスポットに、無造作に触れたからだ。

偶然を装って、計画的に。

「……も、いい……から、イれ……て……」

自分の体内の一番好い場所、前立腺《ぜんりつせん》がどれほどの狂おしい快感を与えてくるのか、契はいやというほど知っている。

好すぎて辛い。

そこを弄られるだけで、何度意識を飛ばしたことがあるだろう。そうすると、ひくつく穴には、花韻を与えてもらえずに、尻《しり》の疼きで意識を取り戻すことがあった。

淫乱すぎる自分の体を、目覚めて、快楽の余韻はくすぶっているものの、冷めた頭で自覚させられるのだ。

あの瞬間、いつも契は泣きたいような気持ちになる。熱に浮かされている最中と違って、冷静に花韻を欲しがることは、どういうわけか契を切なくさせた。

どうせなら、理性を蕩かしつくした熱に包まれたままの状態で、どこまでも気持ちよくさせてほしい。

だから、必死で懇願してしまった。

「まだ、ろくに慣らしてもいないのに」

突き入れた指を、中でゆらゆらと揺らしながら、花韻は言う。

彼は興奮すると瞳の色が濃くなるが、表情に変化はない。

なにもかも乱れ放題の契とは対照的で、やはり花韻にとってのこの行為は、食事でしかないのだと思い知らされる気がした。

「……慣らしてなくていい、から……」

冷静な男に、とても感情的に哀願する。

痛みがあっても構いはしない。どうせ、すぐに気持ちよくなるということを、契は本能的に知っていた。

「乳首を嚙まれながら、性器を挿入されて、射精したいのか」

「うん……」

啜り泣きながら、契は頷く。

なんて淫猥な願いなんだろうか。

でも、契の素直な気持ちだった。

花韻に与えられる快楽に、溺れたい。

底知れぬ、二度と出られぬ泥濘に囚われても構わなかった。

「いいだろう」

花韻は微笑む。

慈しみの眼差しは、こんな淫靡な愉悦の最中だというのに、清浄に見える。それほど、清々しいものだった。

「そんなに素直にねだられたら、拒むことなんてできるはずがないじゃないか。……私は、契には甘いからな」

そう言いながら、花韻は契を抱き起こす。

「あ……」

背を抱かれただけで、契は花韻の意図を察する。彼の膝にまたがりながら、自ら後孔へ、彼の性器を受け入れた。

熱く滾った性器の先端を咥えると、内側の粘膜がぴたっとそれに吸い付いた。その瞬間の焼け付くような感触に、契は狂わされそうだった。

「あ、あつ…い……っ」

欲望で滾った性器を、自分の手で穴へと導く。ぬるぬるしているそれは、ともすれば契の手から逃げ出しそうになり、そのたびに契は涙ぐんでしまった。

「……あ、はう……っ、あ……」

穴に性器の先端を押し当てる。すると、柔らかくなっているそこは、容易に男の欲望を飲み込みはじめる。

後ろ手に手をついて、自分自身の重みで身のうちに花韻の欲望を孕んでいく。一度咥えてしまったら、自重だけで花韻を受け入れられるほど、契はその行為に慣れていた。

「いい子だ」

微笑んだ花韻は、契の胸元へと顔を寄せてきた。

「……あ、ん……っ、ああ……！」

褒美に乳首を嚙まれた途端、契は射精する。性器を直接扱かれもしないのに、挿入が一番の快感なのだと、知らしめるかのごとく。

「は……ん、あ……っ！」

力が抜けた体は、性器を咥えこんだまま、ずるずると花韻の膝の上にへたりこむ。

「はう……っ」

ずん、と下から性器が突き上げてくる衝撃に、だらしなく開いた口唇の端から、唾液《だえき》が溢れた。

それを舐めとりながら、花韻は囁く。

「……もっとだ、契。私はまだ足りない」

「ひんっ！」

契が淫らに振る舞うのを眺めていただけだった花韻が、いきなり腰を突き上げた。ずん、と鈍い衝撃に、契の体は大きくしなった。

「ああ……っ、だめ、だめぇ、イってる……からぁ……！」

射精したばかりの性器が、ゆらりと頭をもたげる。そこはまだ余韻に浸るようにひくつき、閉じきれない尿道からは、白い残滓《ざんし》が溢れていた。

「おまえの体は、大喜びのようだが」

花韻は腰の動きを止めようとしない。射精の余韻できつく締まる穴の感触を堪能するかのように、しきりに中からかき回した。

「……ひゃあっ、ら、め……。ずん、しちゃ、だめぇ……！」

動かさないでと、契は泣きじゃくる。

射精の快感で震えている最中に性器で体内から刺激され、終わりない快楽に叩《たた》きこまれる。どうにかなりそうなほど、よかった。

でも、このままだと壊れてしまいそうだ。

「……ひゃあ……う、だめ、もう、これ以上、無理ぃ……！」

甘い声で上げる悲鳴は、本音だ。

強すぎる快感が、契を怯《おび》えさせている。

それに、たくましすぎる花韻の欲望は、いつ果てるともわからない。しっかりとはめこまれたそれは、確実に契のそこを拡張しているようだった。

「無理ではないだろう？　根元まで飲み込んで、喜んでおいて」

「ら、めぇ……、壊れる、こわれるぅ……！」

ずくずくに柔らかくなって、性器を締め付けている穴が、性器を突き入れられるごとにどんどん広がっていく。

このままでは開きっぱなしで、だらしない穴になってしまうかもしれない。

自分の体が他人によって変わるという感覚は、本能的な忌避《きひ》をもたらす。

だが、花韻は許してくれなかった。

「おまえはもう、こんな時でないと、私の前では素直になってくれないからな。もっともっと、楽しませてくれ」

ふと、花韻は笑う。

「……そう、あの頃のように」

耳打ちしてくる声には、少しばかりの彼の感情のほころびが滲む。

今の契では気に入らないというよりも、郷愁に強く誘われている……、そんな懐かしさの滲んだ声音だった。

でも、快楽の熱に浮かされる契は、それには気がつけなかった。

二章

――その日の食事は、赤飯の膳《ぜん》だった。

十年近く前の、ある夏の日のことだった。


「今日はなんだか、豪勢な夕飯だったね。お頭つきの魚？」

「鯛《たい》だな」

「そう、鯛っていうんだ。鯛って、俺も知っているよ。ああいうのって、おめでたいときの食事でしょう？」

蠟燭の明かりの下、床に横になった契は、不思議そうに尋ねたものだ。

「なにが、今日はおめでたかったんだろう」

吸血鬼の供物として、夜の闇の中に閉じ込められてからというもの、時間の経過というものが契はぴんと来なくなっていた。

自分の体が大人になり、花韻の膝に収まらなくなっていくのも、世話係が時々入れ替わるのも気がついていたにせよ。

「おまえの誕生日だからだろう」

そう言いながら、花韻はいつものように、契の隣に横たわる。そして、契の体を優しく抱き寄せてきた。

父親に、この闇の中に押しやられて、何年が経ったのか。

最初は両親や兄たちの名を呼んで泣いていた契だが、いつしかそれすら忘れていた。

じっと花韻に見つめられ、抱きあげられ、頬《ほお》ずりされて、「可愛い子だ」と甘い声で囁かれるたびに、悲しい気持ちが霞んでいった。

……それが魅入《みい》られるということだと気づいたのは、もっと後になってからだ。

その祝いの日を迎えた頃になると、窓を閉ざし、蠟燭の明かりの中で、花韻とふたりっきりで暮らすことも、契は苦ではなくなっていた。

ここはとても静かな世界で、外とのつながりは、テレビやインターネットを介したものだった。

テレビにしても、インターネットにしても、積極的に見ているわけでもない。ぼんやりと眺める画面からは、外の世界との遠い距離を感じるだけだった。

それでも、時間つぶしにはなる。

それに、花韻は契がテレビを見ていると、その内容に関連して、自分の経験を話してくれた。そのほうが、契にとっては、よほど楽しくもあった。

世話係は、契と目も合わせようとせず、契をないものとして扱っていた。契のほうも、何度か話しかけても返事をもらえることはなかったことから、彼らに声をかけるのはやめており、生身の話し相手は花韻しかいなかった。

でも、寂しくはない。

花韻は世界中を渡り歩いたそうで、契の知らないたくさんの話をしてくれた。一晩でも二晩でも、彼の麗しい声には聞き入ることができたのだ。

いつも一緒に眠って、寝物語を聞かせてもらえるのが、契にとっては何よりもの楽しみだった。テレビなんかより、ずっと楽しい。

「誕生日？」

その単語を舌先で転がすものの、実感がない。

自分に誕生日があることなんて、すっかり忘れていた。だって、もう何年も、それを祝われたりしていない。

「そういえば、新しい着物も何枚か差し入れられていたみたいだった……」

着るものは頻繁に新調されてはいるものの、今回はやたら枚数が多かったことを思い出す。つまり、あれは誕生日プレゼントだったということか。

（どうして、今更？）

契は、不思議議だった。

この年になるまで、誰かの誕生日に豪華な食事の膳を与えられることはあっても、契自身の誕生日を祝われたことなんてなかったのに。

家族の姿を見なくても、何も悲しいことはない。つんと胸は痛むが、そういうときはいつもみたいに、花韻の胸へとそっと契は頭を預けた。

すると、花韻が優しく契の頭を撫でてくれる。

契には、これで十分だ。

ほっとしたように、息をつく。

花韻は、契を大事にしてくれる。血を啜られるときだって、痛くもない。ぼんやりとして、うずうずするような心地よさがあるだけだ。

だから契は、今となっては花韻に血を吸われることすらも受け入れていた。

「俺、いくつになるんだっけ」

「十八歳。現代の男ならば、結婚を許される年になったんだな」

契も曖昧《あいまい》な時の経過を、花韻は覚えていたようだ。

なにが嬉しいのか、彼の声はどことなく弾んでいた。

「そうなんだ」

結婚なんていう言葉は、契には縁遠いものだった。

花韻とふたりっきりの静かな生活。ときおり、首筋に彼の牙を突き立てられて、夢見心地になるのが契の役目で、それ以外に他人との深い交わりなどすることはなかった。

「私にとっては、重要な日だな」

「そうなの？」

「ああ、おまえが大人になったら、すべてを私のものにすると決めていた。……古い盟約に従い、私の『花嫁』に」

契は小さく笑う。

「そういえば、俺が小さな頃から、あなたはずっとそう言っていた。俺が大きくなったら、あなたの花嫁になるんだって」

「ああ、おまえが私の花嫁になるにふさわしい時を、ずっと待っていると言っていただろう？　この日を、焦がれていたんだ」

花韻の声は、いつも以上に甘い。

「あなたに血を分け与える人間を、『花嫁』と呼ぶのだと思っていた」

「それも、ある意味正しいな」

囁きながら、花韻は契の首筋に口唇を押し当ててくる。

「あ……っ」

ちくりと、肌に牙が刺さる感触。それに、契は身震いをした。

体の中に花韻の牙が入ってくる。そのことに、ぞくぞくするようになったのは、いつからだろうか。

(頭が、ぼんやりする……。中から、全部抜けていくような、気がして……)

血を啜りあげられると、どういうわけか体が火照りはじめる。

焦点がぶれる視線を、薄明かりの天井へと契は投げかけた。

(熱い)

花韻は吸血鬼で、こうして契の血を吸うことで力を得、契の生まれた家を、代々継いできた組を、守るのだという。

遠い昔の風習は途絶えていたのに、契の父親が復活させた。

この現代に、過去の呪いの力を借りるために。

(俺がここに来るまで、花韻は闇の中で眠っているのも同然だったって言っていた)

花韻に身を委《ゆだ》ねながら、契はぼんやりと考える。

(どうして花韻は、ずっとここに留まっているんだろう？)

異国から来たという花韻が、風習が途絶えていた間も深川の家に留まっていたのは、よく考えてみれば、不思議な話だ。

「おまえを待っていた」

強く繰り返し、花韻は優しく笑ってくれた。

その表情を見ていると、契も嬉しくなってしまう。彼に必要とされていることが、契に居場所を与えるのだ。

契の世界には、今となっては花韻しかいない。だから、彼が自分を必要と思ってくれているのだと実感することで、契は満たされた。

自分の価値はそれしかないのだと、無意識のうちに感じていた……。

それに気づくのは、後年の話だが。

「おまえの血は芳醇だ。それに、とても甘い」

「美味《おい》しいのかな」

「美味しいよ。……呑んでみるか」

冗談ごとのように囁いて、花韻は契に顔を近づけてくる。

薄明かりの中でも赤くなっているとわかるそれが、いきなり契の口唇に重なってきた。

（え……っ）

驚きのあまり、契は大きく目を見開いた。

口唇には、鉄さびの味。

それが自分の血なのだと気がつくまでに、少し時間がかかってしまった。

口唇と口唇を合わせる行為、キスというものを経験するのは、生まれてはじめてだった。

特別な、好きな人とする行為だということは、契は知っていた。

だから、ひどく狼狽《ろうばい》してしまう。

「花韻、どうして？」

「おまえは私の花嫁だからだ。……血の味はどうだ？」

「美味しくない……」

花韻の言葉に、契は戸惑いの表情を見せる。

「おまえは、まだ人だからな」

ほんの少しだけ、思わせぶりに微笑んだ花韻は、もう一度キスをしてきた。

「おまえは、私の滋養だ。いつも、血をもらっている。……だが、滋養をもらう方法は他にもあるということを、知っているか？」

ふたたび契の首筋に口唇を押し当てながら、花韻は問う。

「知らない……。花韻に教えてもらったこと以外、俺はなにも」

吸血の夢心地のまま、契は呟く。

それは、単なる真実でしかなかった。

「ああ、そうだったな」

花韻は嬉しそうだ。愛《いと》おしげに契の頬や首筋などに触れはじめた。

「……ん……っ」

再び血を啜りあげられ、思わず契は息を漏らす。

血とともに、契の心の中から、なにかが吸い取られていく気がした。

（……いつもより、ぼうっとして、体、熱い……気が……）

契は、頬を赤らめる。

いつの頃からか忘れたが、ここ最近、契は体が熱くなることで、自分自身をもてあますようになっていた。

その熱に比例するかのように、体の一部が形を変えるからだ。

花韻に何を言われたというわけではないが、それがとても恥ずかしいことのような気がしていた。

下半身の陰部が、まるで契とは別の生き物のように動いてしまうことが。

「……ん……っ」

硬くなった陰部が、花韻の体に触れる。

このようなことは今までに何度もあったが、花韻は素知らぬ顔をしてきた。ところが、今日だけは違った。

「や……っ」

契は、思わず声を上げる。

契の陰部に、花韻が触れてきたからだ。

「ああ、硬くなっているな。……もう、すっかり大人だ」

「花韻、どうして……っ」

契は声を上擦らせる。

契自身触りたくないような場所なのに、花韻は平然とそこに触れてきたのだ。

しかも、着物の裾をかき分けて、直に手を忍び込ませてこようとしていた。

びっくりして、思わず契は腰を引いてしまう。

「怯えることはない。おまえの体が大人になって、私の花嫁になる資格を得たというだけの話なのだから」

「……資格？」

「ここは、おまえの欲望だ」

「……っ」

硬くなったものの形を辿るように、花韻の手は動く。

契はいつも、素肌の上に着物をまとっている。着物の裾を割られると、下半身は無防備に、剝き出しになってしまった。

当然のことながら、形を変えた陰部が露わになる。

そこは、濡れはじめているようだった。まるで粗相《そそう》をしてしまったかのようで、契は泣きたいような気持ちになる。

もう、お漏らしをするような、小さな子供ではないというのに。

「欲望が、熱で形を変えるようになったということは、おまえには快楽を知る資格ができたということになる」

契の陰部を撫でまわしながら、花韻は囁く。まるで、幼子に嚙んで含んで、言い聞かせるかのように。

「……んっ、あ……」

「性の快楽を、な」

「……や、め……っ」

先端に、なにかを漏らしている場所がある。

小水ではない、なにかを。

それを恥じるように、契は太股を擦りあわせた。

「恥ずかしがることはない。体が熱くなれば、性の快楽を得るための場所が、こうして反応するのは当然だ」

「だ、だって漏らしたみたい、で……」

「漏らした訳じゃないだろう。ここが、おまえの性器が、快楽が欲しいと訴えているんだ」

契にいつも、物事を教えてくれるときの優しい口調で、花韻は囁く。

「こうして、欲しがりにも涎を垂れ流して……」

「ひゃあ……っ！」

形を変えた、性器の先端に花韻は触れる。その頭は隠れているはずなのに、花韻は器用に剝き出しにしはじめた。

「えっ、なに」

自分の体の一部が引っ張られる感覚に、契は狼狽した。皮に包みこまれていたものを、花韻はさらけ出そうとしている。

「そんなの、だめ……！」

「駄目じゃない。まだ子どもの形状だったから、私が大人にしてやっているだけだ」

「なに、それ、花韻、だめ、そんなところ……！」

体の一部を露わにされる、なんとも言えない不安感に、契は悲鳴を上げた。

花韻の手によって、外側の皮がずり下がっていくのも、『中身』が飛び出すのも、とてつもなく恐ろしいこととしか、感じられなかった。

嫌がる契の額に口唇を寄せ、あやすように口づけながらも、決して花韻は手を止めなかった。

「じっとしていなさい」

「やっ、ら……ぁ……！」

舌っ足らずな悲鳴は、涙声になってしまった。

敏感な、『中身』に外気が触れる。

「全部、顔を出したな」

満足げに、花韻は呟いた。

「ひ……っ」

剝き出しになった性器の先端を、花韻に手のひらで軽く撫でられただけで、契は全身をしならせた。

強烈すぎる感覚に、全身を貫かれた。

「……っ、や……ら、なに、今のなに……ぃ？」

腰が、バウンドするように大きく跳ねた。

怖い。

それなのに、体はますます熱くなる。

陰部が——性器だと言われた場所も、今までにないほど反り返っていた。

「なんで……」

泣きじゃくりながら、契は呟く。

先ほどよりもさらに大きく先端の孔が開いて、だらだらと恥ずかしい体液を溢れさせつづけている。

今度こそ、漏らしたのだと思った。

でも、粗相をした時とは、なにか感覚が違う。

ぐっと、奥から溢れだす、強烈すぎるこれはいったい、なんだというのだろう？

戸惑う契におかまいなしえで、花韻は契のものを弄びつづけている。

「……め、て……、花韻、こわい……」

震える声で呟くと、花韻は小さく笑う。

「何も、怖くはない」

「怖い、よ……」

「大人になって、私と快楽を分かち合えるようになった。それだけだ」

「快楽？」

「それもまた、私の糧だ。……おまえは、私の花嫁なのだから」

「……あ……っ！」

とぷとぷと、まだ白濁を吐いている性器を、花韻は握りこむ。

痙攣《けいれん》するみたいに震えているそれを強く扱かれ、契は声にならない悲鳴を上げてしまった。

自分の中から、なにかを絞りとられていくような感覚。これがどこから来るのか、契自身にすらわからない。

ただ、自分の体はもう、自分のものではないようにしか感じられなかった。

花韻の生け贄ということの意味を、はじめて実感したような……。

これが、『花嫁』の本当の役割なんだろうか。

「……は……う……っ、や……つらぁ……い……」

感じている場所を直に摑まれ、さらにかき乱される。

ひくつく性器の先端の孔から溢れる白濁は、どんどん透明度を増しているのだが、留まるところを知らなかった。

「辛いんじゃなくて、気持ちいいんだ」

「きもち、いい……？」

「ああ、すべてを手放して、酔いしれるといい」

「……んな、わかんな、い……っ」

「なにも考えなくていい。ただひたすら、快楽を貪り……、そしてみずみずしい生気を分け与えてくれ」

蠱惑《こわく》的に微笑みながら、花韻は契にのしかかってくる。

「かい、ん……？」

大きな男の体の下敷きになったのが、少し怖かった。ただでさえ、体が自分の自由にならないという感覚は、契に本能的な恐怖を与えずにいられない。

「……花韻、なにを……？」

「私は、おまえと交わりたい」

甘い声で囁かれ、ぴくっと契の体は震えた。

その声は、人を酔わせる力があった。

契は思わず、目を細めてしまう。このまま目を閉じて、花韻になにもかもを委ねたくなる……、そんな気持ちにさせられる。

「交わるって……、なにをするの？」

「おまえの中に、私が入るんだ。……私の体の中で、一番熱い場所が」

「……っ」

手を握られたかと思うと、花韻は自分の下肢へとそれを導いた。

契と同じ体つきのはずなのに、花韻の性器は驚くほど大きい。

じっくりと、それを手のひらで辿るように仕向けられると、その熱が契の体にも伝染したかのように、全身が火照りだした。

「こんなの、どこに入れるの……？」

不安になって、契は思わず尋ねてしまう。

「おまえの、ここだ。男の子だからな、ここで交わるんだ。それが、花嫁になるという、本当の意味だ」

「や……っ」

花韻の手が、契の体をまさぐる。

柔らかい尻の狭間《はざま》、契自身すら触れようとも思わない秘部へと、花韻はためらいなく触れた。

奥で息を潜めている、穴へと。

契は、驚愕した。

「そ、そんなところ、入らないよ……！」

「入る」

花韻は、低い声で笑う。

「入るように、私が教えてやるから」

「嘘《うそ》じゃない。……力を抜いていなさい」

「ひゃあ……っ」

その穴は、すぼまっている場所だ。それなのに、花韻は指で開いていこうとする。

最初は抵抗するように固かったそこも、やがて花韻の指を一本、含んでしまった。

「な、に……」

ぞわぞわした。

体の内側を触られるという経験は、口内を舌でまさぐられる以上の、強烈な快感を契にもたらした。

探るように入れられた指は、最奥まで入りこんだ様子はない。

深く突き入れられても、まだ先があるようだった。

自分の中に、果てが見えない穴がある。そのことに怯えると同時に、どこまでも入りこもうとしてくる花韻にも、怯えてしまった。

「……や、だ……」

指一本でも、違和感が大きい。

先ほど触れさせられた花韻の性器は、こんな指とは比べものにならないくらい、大きかった。そんなもの、果たして受けいれられるのだろうか。

「いやじゃない」

あくまで契を宥《なだ》めるような声のトーンを崩さずに、花韻は囁く。

「ほら、『花嫁』の歓びを教えてやろう」

「……っ、ひぁ、な、に……」

体の奥から、疼くような熱が沸き上がる。

その熱を導きだしたのは、花韻の指先だった。彼が契の内側のある一点を擦りあげた瞬間、どうしようもなく甘い痺れが全身を貫いた。

「……あう、ひゃあ……っ」

先ほど、性器に触れられた時の比ではない。快楽の種類が違った。

あちらは、『出す』という最終目的を、本能のように求める行為だ。

でも、今は違う。

もっと際限のない快楽の迸りに、契は目覚めつつあった。

声を上げれば上げるほど、体の疼きはひどくなる。全身が熱っぽい。先ほどまでの怯えを、新しく感覚が吹き飛ばす。

契の性器は、ふたたび頭をもたげはじめた。

「……ああ、中の好《よ》さを覚えたな」

花韻はほくそ笑む。

「もう怖くないだろう？　……ここを……」

「はうあん……！」

「擦られることしか、考えられなくなっているはずだ」

そう言いながら、花韻は契の体内にある、ある一点を執拗《しつよう》に擦りつづけた。

そこは肉襞の中に埋もれていた場所で、どういうわけか特別な感覚を契にもたらすようだ。花韻の指がそこを押したり、擦ったりするたびに、髪を振り乱すほどに契の体は乱れた。

「……や、ら……、そこ、こすこす、や……っ、おかしくなる……ぅ…」

「おかしくなっているんじゃなくて、気持ちいいんだ。……ほら、擦られるのは、イイだろう？」

「あう……ん……、あー、ああ……」

意味のある言葉を、もう契は紡げない。

花韻の与える快楽のことしか、考えられなくなっていく。

「……あ、ん……っ。いい、いいよぉ……、もっとこすって……ぇ…」

契はいつのまにか、自分の体内を蹂躙《じゅうりん》する指先が、三本に増えていることすら、気がつくことができなかった。

「そろそろ、よさそうだな」

やがて花韻が指を引き抜く頃には、契の体はその感触を恋しく思うようになっていた。もっと、体内を花韻に詰め込まれたい。そして、刺激してほしい。

「かわりに、私を与えよう。かわいい花嫁。私の――」

「え、な……っ、あ……！」

指とは比べものにならないものの質量の、熱を帯びたものが、小さな穴へと押し当てられる。焼け付くような熱さと、すべてを押し通せるほどの固さ、そして先端の大きさに、契はごくりと息を呑んだ。

「体を、楽にしていなさい」

「ああっ！」

性器を緩くさすられて、声をあげた次の瞬間に、がっくりと力が抜けた。そして、その隙《すき》を突くかのように、花韻は一気に契を貫いた。

「ひっ、ん……、あ、ああ……！」

大きく目を見開いたまま、契は花韻の欲望を、生まれてはじめてその身に受け入れた。

（……花嫁に、なった）

体内に熱い飛沫《しぶき》を浴び、下腹を重く――まるで熱が孕《はら》んだような感覚に疼かせながらも、契はぼんやりと考えていた。

花韻は優しく、契の髪を撫でてくれる。

口づけを、たくさん与えてくれて、気持ちよくしてくれた。

なにも、辛いことはない。

怯えることも、なかったのだ。

だからきっと、契は幸せなのだろう。

抱き寄せてくれる腕に、身を任せることに、なんの不安もない。

胸に満ちるのは、むしろ安堵《あんど》だ。

花韻の膝には体が収まらなくなった今、彼を受け入れることで、確かに居場所があるのだという自覚をできることが。


……そのとき、契は本気で、そう思っていた。

あとになって。

真実を知ってから、どれほど自分の愚かさを憎んだのだろうか。

花韻にとって、契は身代わりだ。

彼がその身を極東の地に縛りつけることになった、はじまりの女の。


(……夢、か)

花韻の『食事』に付き合わされたあと、契は意識を失っていたようだ。薄闇の中、一人きりの肌寒さで、契は目を覚ました。

ろくでもない夢を見ていた。そう、契は思う。

契がはじめて、肉体的な意味でも花韻の花嫁となったあの日、契は何も知らずにいた。自分が何を求められているか、ということさえ。

無知は幸福だった。

(花韻はいない、か……。『狩り』に行ったのか)

契を花韻の生け贄に捧げた父は、跡取りである兄を失ったあと、急速に弱って急死した。

執行部がどんな話し合いをしたのか契も知らないが、結果として次の組長は契となり、この闇から引っ張りだされることになっている。

そう、新しくつけられた世話係と、組長代行とかいう男からは説明を受けていた。

(たしかその話をしていたとき、花韻のことも引っ張りだそうとしていたな)

気だるい体を引き起こすように起き上がりながら、契は小さく息をついた。

深川組の代行が、力を貸してほしいと頭を下げにきていた。それはつまり、邪魔な相手を花韻に殺してほしい、ということだ。

決して、人間には、警察には裁けない方法で。

……深川組がこれまで、ずっとそうしてきたように。

武闘派の組織などと言われている深川組だが、実態はこれだ。

一族をひとり生け贄に差し出し、化け物を飼っている。

そして、自分たちの手は汚さず、化け物に敵を始末させている。

『組長の、尊い犠牲には感謝します』

初対面のときから、契を組長と呼んだ男は、深々と頭を下げていた。

代行を名乗る彼を、契は冷めた目で見つめることしかできなかった。

契の人生を奪った上で、また新たな人生を押しつけてくるのか、と。

(……花韻は、反対しなかったな。まあ、敵を屠るとは言っても、きっと花韻にとっては食事と同じことなんだろう)

人の血を啜ることは、花韻にとっては善も悪もないことだ。彼は吸血鬼であり、人間は食料なのだから。

自分が彼に対してわだかまりを抱えるようになったのは、その種のギャップゆえなのだろうか?

(幼い俺を可愛がったのも、食料として肥え太らせるためだった……っていうだけなら、よかったのに)

そんなふうに考えてしまう、女々しい自分が嫌だ。

これから、契は外の世界に引きずりだされる。そんな重大な変化を思い悩まずに、関連して花韻のことなど考えてしまう、自分自身に苛立ちを感じていた。

花韻がもしも、契本人を花嫁として求めたのであれば、契は今ほど心を荒《すさ》ませずにすんだだろうと、ありえない仮定までしてしまう。

そう、何もかもありえないのだ。

花韻が深川の家に囚われているのは、始まりの『契』の存在あってこそ。そうじゃなかったら、彼はこんな極東の島国に留まりはしなかっただろう。

契は、彼女を忘れていない。

だから、深川家の生け贄を捧げる習慣が途絶えたあとも、孤独な闇の中で大人しく眠っていたに違いない。

契は彼の花嫁として、生涯を奪われた。それなのに、花韻はあくまで、契を通して死んだ女を見ているだけ。

これほどむなしい話があるだろうか。

花韻を愛しているだとか、考えたことはない。

しかし、幼い頃に与えられた男は、ただ契にとって特別なのに、自分自身は男の特別になれない。

そのことが、契の心を波立てる。

外の世界に触れたら、契の気持ちも変わるだろうか。

化け物以外の人間に、興味が向くのだろうか。

花韻にとって自分が特別じゃないことで感じる、この、なんとも自分を小さく、意味もなく感じてしまう荒れた気持ちと、決別できるのだろうか？

（……俺は、いったいなんだというのだろう……）

契は、深く息をついた。

名前を奪われ、人生を奪われ、そして今、また組の都合で人生を再編されようとしている。

まるで人形だ。

契だって、人間だったはずなのに。

三章

「はじめまして」

言葉どおり、生まれてはじめて顔を合わせた実の妹、深川沙耶《さや》は、固い表情のまま契を見つめた。父や兄の葬儀をひとりで取り仕切ったという彼女は、二十歳を超えたばかりだという。今は大学に通っているらしいが、かなり気丈な性格のように見えた。

もはや記憶もおぼろ気になってしまった母親と、姿形は似ているそうだ。そんなことを言われても、契にはぴんと来ないのだが。

沙耶は、契が花韻に捧げられたあとに、生まれた。だから、契にとっては、ただの他人でしかない。彼女の誕生日にも、差し入れられる食事は豪華になっていたので、そういう形では存在を認識はしていたのだが。

「……母はよく、『離れにいってはいけない』と、私に言いました。あそこには魔物がいる、と。深川組を守るかわりに、生け贄を欲しがる魔物が」

沙耶は、じっと契を見つめた。

「子供だましの、おとぎ話だと思っていた」

「俺も、自分のことじゃなかったら、そう思っただろうな」

沙耶の言葉に、契は頷く。

殺された父の書斎だったという部屋で、沙耶と契は対面をした。黒い喪服に身を包んだ沙耶は、きつい表情で契を見据えた。

「あなたは、外を知らないのでしょう？　本当に、深川組の組長なんて、務まるの？」

「……」

正面切って敵意を向けられ、契は小さく溜息《ためいき》をつく。

どうやら自分の存在は、妹に歓迎されていないようだ。

(野心家なのかもな。父と兄が亡くなったあと、自分が深川組を仕切ったのだという、自負に溢れている)

契は冷静に、沙耶を評価する。

契は外の世界を知らない。

一方的に、テレビに映る人々を観察することくらいしかできなかった。

コミュニケーションをとることは知らなくても、人の心の動きを読むすべは、一緒にテレビを見ていた花韻が教えてくれた。

（それが正しいかどうかも、今までの俺は知るよしもなかったんだが）

妹の顔を、契はしみじみ見つめる。

花韻はいつも冷静な男だ。

セックスの、食事の愉悦を味わっているときでさえ。

だから、沙耶のように感情を露わにする相手が、物珍しくも感じられた。

それでつい、しげしげと眺めてしまう。

「組長になることを、俺自身が望んだわけじゃない。こんなふうに、外に引っ張りだされたことにも驚いているんだ」

穏やかに、契は言う。

妹の棘のある態度に、腹は立たなかった。

ただ、はじめて顔を合わせる相手に、ここまでの激しい感情を向けられるものなのかと、へんな話だが、感動もしていた。

「あの離れの中で、女物の着物を着せられて、あの化け物とふたりっきりで生きてきた。教育も魔物に受けたとはいえ、俺は外の世界を知らない。こんなふうに、男物のスーツを着るのだって、多分はじめてだ」

もう顔も覚えてない兄の形見だという洋服を急ごしらえに与えられた契は、自分の格好を見下ろした。

借り物のスーツは、着心地が悪い。

あたかも、この場には契はやはりふさわしくないのだと、亡き兄にまで言われている気がした。

「もっとも、自分が着せられていたものが女物だったということすら、俺は知らなかったんだけどな」

「あなたの境遇には同情します。あの魔物がいなければ、深川組の立場は、今よりも悪いものになっていたに違いない。あなたの犠牲は価値のある犠牲でした」

沙耶は、目を眇《すが》める。

「……あなたは、まだ人間なの？」

「あいにく、そのようだ。おかげで、こうして成長した」

妹に親しみは湧かない。

だが、これはこれで悪くないと、契は思った。

本気だ。

こんな野心家の妹がいるならば、こちらを組長にすればよかったものを。

（価値のある犠牲、か）

契が犠牲になったのだとはっきり認めてくれただけで、契の気持ちは楽になる。「仕方がない」ですませられなくて、よかった。

「おまえは、自分が組長になりたいのか？」

思っていたことをそのままぶつけると、沙耶は虚を突かれたような表情になる。

そして、居住まいを正し、真剣な表情で契を見つめた。

「あなたよりも組長にふさわしい人がいる、と思っているわ」

沙耶の言葉は、婉曲《えんきょく》だった。でも、なにが言いたいかは、誤解する隙もなく、契にも明確に伝わってきた。

（ここまで彼女がやる気なら、なにも俺を担ぎ上げることはないんじゃないか？）

契は、内心肩を竦《すく》めていた。

沙耶は自分が、跡目を継ぐつもりだったのだろう。そう、契は確信する。

二十歳そこそこの女性で、どうして極道の女になろうと考えるのか、契には理解ができなかった。

だが、彼女がここまで熱望しているのならば、契を闇の中から引っ張りだすことはなかったのではないか。

（……俺は、もう人間扱いされてないんだろう？　花韻に捧げられたときに、死んだものとして扱われたんだろうし。じゃあ、そんな死人に、あらためて組長を継がせることはなかったんじゃないのか？）

悲観というよりは諦観まじりに、契は考える。

（それとも、俺に継がせるほうが、都合のいいことでもあったのか）

契は、自分の両側に控えている男たちを見遣《みや》った。

片や、これから契の身辺の世話係と警護役の筆頭と務めるという福留《ふくどめ》という男、もう一人は組長代行の長束《ながつか》。

二人とも、三十半ばで若い。

年寄りには武闘派である深川組の第一線は務まらないため、実働部隊は若手がトップを務めるという説明を、契は受けていた。実際には執行部は合議制で、意思の決定機関はそこのようだ。執行部のメンバーには、老齢の幹部も多い。

（執行部が五人。そして代行の長束と、俺の世話係の福留……。他にも、この本家に出入りしている連中のことは、覚えていかなくてはいけないんだろうな）

眩《まぶ》しい日光の下に出た感慨よりも、思いがけない組長の地位の座り心地の悪さに、契は辟易《へきえき》していた。

「勘違いされないでね」

沙耶は、契を睨《にら》みつける。

「あなたが組長になったのは、執行部が惑わされたせいよ。きっといつか、報いを受ける。彼らも、あなたもね」

「惑わす？」

「……魔物」

吐き捨てるように沙耶は言う。

彼女はなぜか、激しい怒りに囚われているようだ。

契にとっては、理不尽でしかなかった。こんな、怒りを真正面からぶつけなくてはいけないほど、沙耶は組長になりたかったのだろうか？

「その美しい容姿で、雪よりも白い肌で、みんなを惑わしたのでしょう？　吸血鬼すら虜《とりこ》にする魔性のあなたが……！」

「なにを言っているんだ？」

沙耶の罵《ののし》りの言葉は、契にとってあまりにも理不尽で、理解に苦しむものでしかなかった。契は、思わず眉根を寄せる。

沙耶は、それ以上、契の言葉に答えようとはしなかった。

お互いにとって、あまりにも居心地の悪い時間は、沙耶が唐突に席を立ち、書斎を出ていったことで強制的に終了された。

契は、彼女を呼び止められなかった。

これ以上、膝をつき合わせていても、不毛なだけだろう。

（彼女もきっと、俺と同じように理不尽さを抱いていることとんだろうな）

見知らぬ兄の存在や、そんな兄を祭りあげる周囲の人々を、さぞ苦々しく思っているに違いない。誇り高そうな女性だ。

契のような兄を受け入れがたく、あんな態度に出るのだろうか。

（……ああ、だから、執行部にとっては、沙耶ではあやつり人形にしにくかったってことかな）

契は内心、溜息をついていた。

どうやら契は、どこまでも人形として扱われる運命らしい。

執行部の人々が、本当に契を最後の希望と思っていると考えるほど、契も単純ではない。執行部が実権を握りつづけるには、お飾りの組長のほうがいいに決まっている。

花韻の人形である契は、これからは深川組の人形にもなるのだろうか……。

「組長」

傍らから、長束が声をかけてくる。

彼は畳に手をついて、契に頭を下げた。

「お嬢さんは、先代や若が亡くなったあとも気丈に振る舞い、動揺する組をまとめてくださいました。その気負いで、あのような……」

「別に、気にしていない。いるはずもない兄がいきなり出てきて、父親の後を継いだら、いい気はしないんだろう」

契は、小さく肩を竦める。

「俺だって、いまさら兄として彼女に親しみを持つのは難しい。……でもまあ、気は強いけど真っ直ぐな性格みたいじゃないか」

心の底からの本心で、契は言う。

実際のところ、沙耶を憎らしいとは思えない。ある種の必死さをなぜか感じたものの、陰湿な感じを受けなかったせいだろうか。

「しかし、彼女を女組長にしてはいけなかったのか？　どうせ、俺は形ばかりの組長だ。外の世界のことも何もしらない。執行部が、組を運営していくのだろうけど」

「決して、我々は組長を蔑《ないがし》ろにするつもりはありません」

「そういうのは、必要ない。沙耶みたいな、本音丸出しのほうがやりやすい」

契は小さく息をつく。

「敵の……、黒幣だっけ。大陸のヤクザと激しい抗争を繰り広げている以上、花韻を手放せない。そのためには、俺を神輿《みこし》として担ぎ上げておきたいとか、どうせそういう話だとは思うが……。彼女が組長になったとしても、俺がいる限り、契約は果たされるのに」

「いいえ、組長のお姿を一目見て、心酔した者もおります。闇の中で、あなたはひとり、光り輝くようなお姿でした」

長束は、真摯《しんし》な表情になる。

「私も、その一人です。組長のために、命を賭《か》けられます。そこの福留も」

「代行の言葉どおりです。一目で人を魅了するのは立派なカリスマです。あなたの、才能です。今の深川組の組長に必要なのは、理屈ではなく人を惹きつける能力なのです。危機の中にあって、組長という看板のために命を張れるかどうかが……。それは、組長がどれだけ組員を惚《ほ》れさせるかにも、かかっています」

「……ふうん」

気も無いふうに、契は相槌《あいづち》を打つ。

ふたりの話は、理解できたような、理解が難しいような、なんとも言えない心地に、契をさせたのだ。

ふたりは、契がどんな人間か知らない。

それなのに、何を熱弁を振るっているんだろう。

(結局のところ、見た目が気に入ったっていう話なのかな)

長束にせよ福留にしても、熱心な表情をしていた。そんな眼差しで見つめられたのは初めてで、契は眉を顰める。

嫌悪はないが、居心地が悪い。

でも、契の容姿や言葉が、とても彼らを惹きつけ、心をかき乱しているらしいということは、なんとなく伝わってきた。

(俺も魔性、か……)

沙耶の捨て台詞《せりふ》を、思い出す。

長束や福留の思惑は知らないが、沙耶が罵っていたのは、契のこういう部分なのだろうか。

(ろくに外の世界にも出ていないんだ。……他の人から見ると、ぎょっとするような容姿なんだろうな、俺は)

契は、小さく肩を竦めた。

(……ぎょっとして、つい目が離せなくなるとか、そういう話なのかなあ)

日焼けをしていない肌はなまっちろいし、花韻が暇にあかせて手入れしている体は、どこか作り物めいている。

契本人も、自分のことを生きている人間のように思えなかった。自分の体すら自由にならない身なのだから、まるで人形だ。

「沙耶さんには、我々からお話をもう一度させていただくので……。組長は、なにも案じず、堂々としていてください。命を賭けて、我々が盛り立てますから」

長束が、契の手を握る。

その手が熱く、そして脈拍の早さが伝わってくるようで、契は眉を顰めた。

(……心臓の動悸《どうき》? どこか悪いのか)

訝《いぶか》しげに、契は首を傾《かし》げる。

(いや、俺の手を握って、興奮している……)

長束は、瞳を輝かせていた。

そして、傍らの福留も同じように。

「代行の言葉どおりです。自分も、組長のために命を捨てる覚悟でおりますので」

「……そう」

命を賭けるという言葉に、少しも感銘を受けない。

それを言うなら、深川組のために、契は人生を、いや人であることを捨てさせられたも同然で、でも彼らの言うような『覚悟』なんて抱いたことはなかった。

(ああ、誰も彼も、勝手なことばかり……)

契が顔を伏せると、どういうわけか長束も福留も息を呑んだ。

彼らは、契の振る舞いのひとつひとつに、動揺をしているらしい。

心を動かされ、振り回されている。

(面白いな)

契は目を眇める。

これまでの人生で、ずっと長いこと、契は花韻に振り回され続けていた。それが今、他人を振り回す側の立場になっているようだ。

(この俺が、他人を振り回す……。こんなことも、起こりうるんだな)

契は、そっと長束の手を握りかえす。

すると彼は、はっとして顔を上げ、食い入るように契を見つめた。

「長束」

契は、自分を見つめる男に微笑みかけた。

「俺は、右も左もわからない。これからも、よろしく」

「は、はい！　もちろんです。組長、この身にかえて……！」

「組長、勿論《もちろん》自分もです。誠心誠意、お世話させていただきます！」

契が長束と見つめあっていると、横から割って入るように、平伏した福留が声を張り上げる。

(今は、まるで俺が人形遣いになったみたいだ)

契にも、このふたりの男が、自分の歓心を買おうとしていることは、理解ができた。

「……福留もありがとう」

長束のときよりも、意図して、福留の気を惹きたいと思いながら微笑んでみせる。すると、福留もさっと頬を赤くしてしまった。

契は、自分には何もないと思っていた。花韻に支配され、供物にされたこの体は、もう自分のものではない、と。

だが、体さえ自分のものにならない身でも、できることはあるようだ。

「ふたりとも、よろしく頼む」

花韻が契をあやすときの、優しい口調を真似《まね》すると、二人とも恐縮したように頭を下げた。大の男が、契の言葉ひとつで、面白いくらい大げさな反応をしてくる。

(暗闇から引きずりだされ、日の下で組長として祭りあげられ……。俺の人生は、俺のものじゃない。ずっと、深川組に振り回されてきたんだ)

男たちふたりを見つめる眼差しは、もしかしたら冷たいものになっていたかもしれない。彼らが頭を下げていることが、幸いだ。

(……これ以上、俺がこいつらにとって、都合のいい存在になることはないよな)

契の心の中で、冷え冷えとした感情が荒れ狂いはじめる。

もしも、他の執行部の男たちも、長束や福留のような態度で契に臨むのであれば、こんな面白いことはない。

(おまえたちが俺の人生を振り回して、全部奪っていったように、おまえたちも俺に振り回されて、全部奪われてしまえばいいのに)

契は、うっすらと微笑んだ。

想像しただけで、痛快だ。

自分の中にこんな感情が眠っているとは、契は考えたこともなかったのだが。

契の中で、おぞましい獣が……、いや魔性が目を覚ます。

(全部壊れてしまえ)

契は、肘置《ひじお》きに爪を立てた。

「……どうされましたか、組長」

契が笑った気配を、敏感に察したのだろう。さっと長束と福留が顔を上げる。

そんな彼らに、もう一度契は笑ってみせた。

「いや、本当になんでもないんだ。ただ、執行部の皆だけではなく、組の皆の前で挨拶をする日が楽しみだ」

契が微笑むだけで、彼らの興奮を掻き立てるらしい。面白くてたまらない。はまってしまいそうだった。

（俺なんて、人間ですらないのにな）

花韻に捧げられた身なのに、彼は契を見ていない。彼の心は契のものじゃない。

それなのに、外の世界に出てみれば、こうして契に目を奪われる者たちがいる。

楽しくて、楽しくてたまらなかった。

本当の望みが何かなんて、それが叶《かな》わないから代償行為をしようとしているなんて、自覚さえしなければ。

「それはよかった。皆、組長にお会いしたがっていますので」

長束の言葉に、契は鷹揚《おうよう》に頷いた。

「ああ、早くその日が来ればいい」

それは、心の底からの言葉だった。

契の中によどんでいた感情が、まるで冷えたマグマのように、急速に形を取り始める。


その日、人形にはじめて意志が芽生えた。

世界への憎悪という名前の、強い意志が。

「上機嫌だな、契」

離れの闇の中に戻ってきて、ほっと息をついたのもつかの間、白い指先が伸びてくる。おとがいを捉えられた途端、契の自由はなくなってしまった。

それでも、あまりにも長い間闇の中にいたせいで、契にとってはここが一番心地よい場所になってしまっている。

日の光は、眩しすぎた。

母屋で暮らすようにとは言われたものの、あの沙耶もいまだ実家暮らしだ。どうにも落ち着かないこともあり、ひとまず契は離れに戻ってきた。

そのうち、日の下に馴れたら、戻ってこずにすむだろうか。

(そんなはずはないか)

組長として祭りあげられたところで、契が花韻への供物であることには変わりがない。花韻を深川組のために働かせるために、契はこれからも彼の餌だ。

「妹に会ったのだろう？　どうだった」

「どうと言われても……。初対面だから、妹と言われてもぴんと来ない」

「血の流れを、感じないか？」

花韻の手のひらが、契の頰を撫でる。

「おまえと同じ血だよ」

「俺は、あなたのような吸血鬼じゃないから」

花韻にとっての契は、はじまりの女と同じ血を持つ生き物ということなのだろうか。

愛おしげに撫でてくる手のひらは、契をすり抜けて、遠い過去の女を愛撫《あいぶ》しているのだ。

（外の世界の男たちと、あなたは違う。あなたが、魔物だからだろうか）

服を奪われても逆らうことはできず、惹きつけられるように魔物の瞳を見つめて、ぼんやりと契は考えていた。

長束も福留も、契に触れて、高揚していた。

でも花韻は、契を通して死んだ恋人に触れて、高揚する。

そのことが、とても腹立たしく思えた。

自分が人形ではないのだと、誰かを振り回すこともできる人間なのだと気づいたせいだろうか。いつも以上に、契の中によどんだ感情が満ち始める。

「吸血鬼でなくても、辿れるものもある。だが、おまえにはまだ無理か。知識はあっても、幼子みたいなものなのだから」

花韻は、低い声で笑う。

「こんなに美しいのに無防備なおまえが、これからあの荒くれた男たちの間で過ごすとなると、心配でたまらない」

花韻は、過保護なことを言っている。

「いざという時は、私の名を呼べ。そうすれば、瞬く間におまえの元に私は駆けつけるだろうから。……私の花嫁よ」

「……っ」

花韻は、契の首筋に歯を立てる。

彼の牙が、契の血と肉と交わりはじめた。

くらくらする。

噎ぶように甘い、性の香り。

いつでも、興奮を煽られるのは契のほうだ。

(あなたも、俺で乱れればいいのに)

密やかな不満が、言葉になる。

自分の中にこんな感情が秘められていたなんて、契は自覚したこともなかったのだが。

「甘い血だ。そして、どこか淫靡だな。悪いいたずらを、されて来たのではないのだろうな?」

揶揄するように、花韻が笑う。

「肌も火照るようだ」

契はゆるくかぶりを振る。

（あなたの肌は、冷たい）

契は花韻以外の男を興奮させることはできても、花韻をそうすることはできない。その皮肉に目を閉じるように、契は花韻に身を委ねた。

自分は、花韻を誘惑したいのだろうか？

四章

組長としてお披露目をされてから、契の生活は一変した。

本家の当主の居間や書斎を与えられ、日の下に出る。

花韻以外の人間が、周りにつく。

もはや、花韻に献上される以前の外の生活を覚えていない契には、日々のひとつひとつが新鮮すぎた。

けれども、今までと変わらず、眠るときは離れに移動している。闇の中にいたほうが落ち着くあたり、契もかなり毒されているようだ。

その移動ですら、福留が付き従ってくる。

契が離れの闇の中に帰っていくことに、福留は複雑な気持ちを抱いているようだ。朝、顔を合わせたときは晴れやかな笑顔だが、夜にはいつも何か言いたげな目をしているのを隠すように、深々と頭を下げていた。

福留だけではなくて、もっと使い走りのような世話係の、仁科《にしな》と蔵本《くらもと》という二人の若い男もつけられた。

こういうのを上げ膳据え膳の生活というのだろうなと、契は思う。

外に出たからといっても、どうっていうことはない。立場上、契は街中をふらふら歩くことはできず、あくまで深川家の本邸を、自由に歩けるようになっただけだった。

なにせ広い敷地のおかげで、同居の妹とは顔を合わせずに済んでいた。おそらく、双方にとっていいことだろう。

慣れ親しんだ闇の中では、時間の流れすら曖昧《あいまい》に溶けていくような時間を過ごしていたせいで感覚が鈍っていたが、こうして外に出てみると、案外時間というものをもてあますようになった。

花韻だけで毎日がいっぱいだった、あの頃とは違うのに。

皮肉な話だ。

執行部の会合などに顔は出しているものの、契はただその場にいるだけ。判断せねばならないことは、執行部が合議で決める。

組長代行である長束も、決して独断専行はできないようだった。代行といっても決定権はなく、なにかあったときに責任をとるためにいるのです、と彼は言う。

これまでの、花韻とふたりっきりで、呼吸はしているものの生きているか死んでいるのかもわからない生活から一転、たとえ時間をもてあますようになってはいても、大勢の人々に囲まれる生活には、刺激も多い。

最初は、気づかれもあった。

だが、一ヶ月も経つうちに、ようやく契はこの生活に慣れてきたのだった。


契の父の四十九日の法要が、執り行われることになった。

処遇が決まっていなかった葬儀の時は出席させられなかったものの、組長となった今、契は法事を仕切らなくてはならない。

だが、社会経験のない契には誰も期待していないようで、代行である長束が実務をすべて取り仕切っていた。

とことん自分はお飾りだと思う反面、初めての経験である法事というものに、契はそれなりに好奇心を刺激されていた。

しかし、父や兄の遺影を見ても、やはり悲しいとは思えない。日の下に出たけれども、結局は「そういう感覚」を契は培えないままのようだ。

こんな自分は人でなしで、人形だの魔物だの言われても仕方がないんだろうと、仏壇の遺影を眺めては考えたりもした。

花韻は当然、こんなに人が出入りするときは、離れの闇の中で静かにしている。

そういえば、あの魔物も、はじまりの女を悼むことがあるのだろうか。ふと、契は思いついた途端、胸を掻きむしりたいような心地になった。


盛大な、四十九日の法要の当日のこと。

黒い喪の着物を誂《あつら》えられた契は、福留の手で着付けをされた。

よくお似合いです、と夢見心地に呟いていた福留は、そのあと何か気がついたように「申し訳ありません」と詫《わ》びてきたが、彼も契と同じで少し感覚がずれているのだろうか。

法事はつつがなく進行した。やがて、精進落としの宴もたけなわ、外の空気が吸いたくて、契はそっと座を離れた。

中庭に出ると、同じ事を考えていたらしく、沙耶が佇《たたず》んでいた。

彼女も、きりっと喪服を着ていた。

髪を上げた横顔は、契と同じ年くらいに見えた。

彼女は契を見かけるなり、不快を隠さない表情になる。

「どうして、こんなところにいるの。四十九日の法要は、あなたの仕切りのはずでしょう」

「長束が、万事任せてほしいと言っていた」

「それで、本当に、全部丸投げしたの？　人形みたい。恥ずかしくないの？」

契が庭に出るなら、自分は部屋に戻るとでも思ったのだろうか。沙耶はすれ違いざまに吐き捨てたので、契は小さく首を傾げる。

「俺が人形かどうかなんて、なにを今更」

「……！」

「今にはじまったことじゃない。あの離れに押し込められたときから、俺に自分の意思なんて存在しない」

皮肉でもなんでもなく、それは単なる真実だ。

「俺は、とうに人間じゃない」

「……な…っ」

契の言葉に、沙耶はぎゅっと口唇を噤む。

あくまで契を睨んでいたものの、やがて彼女は「ごめんなさい……」と小さな声で呟いたかと思うと、足早に立ち去っていった。

契は、呆然《ぼうぜん》とその後ろ姿を見送るしかなかった。

(……なんだ、今のは)

踵《きびす》を返す寸前、沙耶はほんのりと顔を赤らめていた。

まるで、自分を恥じるかのように。

契に過ぎたことを言ったと、後悔しているのだろうか。

(可愛いところもあるんだな)

妹に親しみを持ったと言うと、嘘になる。でも、きついばかりの子ではないんだろうとも、契は思った。

(俺も、大人げなかったか)

契は思い立って、沙耶を追いかけようとする。しかし、踵を返したところで、執行部のひとり、鏑《かぶら》矢《や》という初老の男に摑まってしまった。

「これは組長、どちらへ?」

「ああ、沙耶に話が……」

追いかけたら、嫌な顔をされるかもしれない。だが、一言「気にしてほしかったわけじゃない」と伝えたかった。彼女を責めるような口調になってしまったなら申し訳ない、と。

「沙耶さんなら、桜井《さくらい》のもとへ行きました。邪魔はせぬほうがいいでしょう」

「桜井？」

「沙耶さんが夢中になっている、うちの若頭です」

鏑矢は、小さく肩をすくめる。

若頭ということは、契も顔を合わせているし、名前も把握しているはずだ。

少し考えれば、誰だかすぐわかった。

「ああ、よく研がれた、剃刀《かみそり》みたいな雰囲気の」

「よくご存じで」

「執行部ではないにしても、主立った者は覚えることにしているんだ。……野心家だが、できる男という風情だな。沙耶より随分年が上な気はするが」

「お嬢さんの倍近い年齢ですね。ただまあ、あれくらいのお年頃だと、年上に憧れるのかもしれませんね」

「ああ、可愛い話だ」

契は、小さく肩をすくめる。

契への失言を悔やんで、慕っている男に慰めてもらっているのだろうか。ますます可愛いな、と契は思った。

（妹か……）

あちらに兄としての親しみを持ってもらうのは無理だろうし、契のほうも兄としての目線で彼女を見るのは難しい。

だが、もう少し親しくなる努力をしてもいいかもしれない。

(今までは、極力顔を合わせないように、話しかけないようにしていたからな)

花韻に、知識はともかく幼子同然と言われるのは、こういう人間関係のお粗末さにも現れているのだろうか。

他人というものを、どう捉えていいのか、よくわからない。

面白いと思うことは、増えてきたのだが……。

「ところで、組長は彫り物をいれないのですか。よろしければ、自分がよい彫り師を紹介しましょうか」

鏑矢はそう言うと、馴れ馴れしく契の首筋に触れてきた。

「……っ」

思わず、契は肩を竦める。

首は花韻に嚙まれつづけているせいか、ひどく敏感になってしまった場所だ。

そこに触れられると、自然に体が濡れはじめてしまう。性の快楽を貪りつくそうと、勝手に淫らに濡れていくのだ。

「こんな、陶磁器のように美しい肌を見るのは、はじめてです」

陶酔しきった表情で、鏑矢は呟く。

「自分は、中国の磁器に目がなくて、自宅にコレクションがありますが、組長の肌はまさにあの白さを連想させますね。青みがかっているような、神秘的な美しさを秘めている」

「そうか？」

中国の磁器とやらも、それこそ知識はあるが、実物にお目にかかったことがない。それにたとえられて、肌の色を褒められても、いまいちぴんと来なかった。

「ええ、さぞ刺青《いれずみ》が映えるだろうと……。ぜひ墨を入れるところを、見学したくなりますよ」

契を見つめる鏑矢の眼差しが、ぎらりぎらりとしている。福留や、長束が見せるものと、よく似ていた。

（興奮しているのか）

契の体は、深川組の男たちを片端から興奮させる効能があるようだ。

そして、そのたびに、つい「面白い」と思ってしまう。

他人の意のままでしかない、人形のような契が、こんなふうに他人に影響を及ぼすことができるとは、と。

（鏑矢のような年齢の男でも、俺に興奮するのか）

父親のような世代とまではいかないが、もはや欲望とは縁遠そうな年齢にも見えるのに。

喪服の黒いズボンに包まれた鏑矢の下半身は、少し張り詰めているようだ。股間《こかん》の布地がわずかに張り詰めているのは滑稽だが、そこを変化させるものなんて、たったひとつだ。

男たちの興奮が、性的な欲求にまみれたものだということを、さすがに契も勘づいた。

彼はどうやら、契の肌を撫でているうちに、抑えがたいほど興奮してしまったらしい。

(こいつも、俺を食いたいのか。……いや、セックスを楽しみたいだけだよな。吸血鬼じゃあるまいし)

どうせ、契が花韻になにをされているかなんて、執行部はみんな知っているだろうけれども。だからこそ、契と性が結びつきやすいのだろうか。

(こいつも、俺を欲望のはけ口にしたいんだろうか)

じっと、契は鏑矢を見つめた。

「……見てみるか?」

そう言って微笑んだのは、試してみたいことがあったからだ。

「俺の肌を」

「えっ」

鏑矢は面食らったような表情になる。

「興味があるのだろう？」

そう言うと、契は鏑矢の手を握る。

その途端、鏑矢は全身を大きく震えさせた。

さりげなく視線を投げかけた下半身は、先ほどよりも露骨に勃起している。

「いや、自分は」

口では煮え切らないことを言っているが、鏑矢は契の手を握りかえしてきた。

彼はもう、とっくにそのつもりだ。

「行こう」

契は、鏑矢の手を引く。

そして、母屋にある自室へと向かった。


「組長、本当にいいのですか」

「刺青をいれるのにふさわしい体か検分することに、なにか問題があるのか？」

そう言いつつ、契は帯を解きはじめる。

ごくりと、鏑矢が息を呑んだ。

(あんなに大きく目を開いて、固唾《かたず》を呑んで、それほど興奮しているのか)

角帯だけを解いた状態で喪服の前を開いて、契は胸元をさらけ出す。外気に触れて、乳首が反応したように勃《た》ちあがった。

しかし、ふと気がついて、契は鏑矢に背を向ける。

「刺青は背中に掘るものだな」

「あ、はい。そのとおりです。です、が……」

鏑矢は、ふらふらと契に近づいてくる。そして、腰紐《こしひも》は解かないまま、肩から着物を落として背中を開けようとした契の手をとった。

「そんなに誘惑されると、品評もできやしません」

鏑矢は、下衆な笑い声を漏らしはじめる。

「たまに、そういう磁器があるんですよ。評価も値段もどうでもいい、惚れて、目を離せなくなるものが」

言うなり、鏑矢は背後から契を抱きしめてきた。

「……あう…っ」

いきなり乳首を摘まみあげられて、契は声を漏らす。

「いやらしい、おっぱいだ」

「ひ……っ」

乳首を引っ張るようにいたぶられ、噛みしめた歯の隙間から、契は思わず声を漏らした。

こんなつもりではなかった、とは言わない。

だが、自分自身がどう感じるかが、契の予想とはまったく違っていた。

(なんで……?)

乳首を弄られるのも、自分の手で弄るように仕向けられるのも、慣れている。だから、どうということはないはずのことだ。

それなのに……。

背筋が、ぞくりと震えた。

「自分に見られただけで、こんなに堅くなるんですか。いったい、どれだけあの……、化け物に吸わせたんですか」

興奮のボルテージを上げていく鏑矢は、絶叫するかのように声を張り上げる。

「あの離れに押し込められたガキの頃から、仕込まれたせいでこんなに赤らんで、大きくなってるんですか!」

「……そん、な……っ、摘まむ、な……あっ!」

「違うでしょう、摘まんでほしいんでしょう、組長。いくら組長に祭りあげられたからといって、あんたは所詮、魔性の花嫁だ」

「ひゃあああん」

両方の乳首を指で思いっきりひねり上げられ、引っ張られて、思わず契は悲鳴を上げてしまった。歓喜というより、純粋な怯えの籠もった声を。

鏑矢の言うとおり、乳首は花韻によって腫《は》れ上がるほど弄りあげられ、色が濃くなった部分だ。花韻の牙を立てられ、乳のかわりに血を啜られることすらあって、契の体の中でも、特に敏感な部分の一つだった。

「話しているうちに、こうして自分に弄ってほしくなったんですか。こんな助平な組長だなんて、人に知られたら大変だ」

「あ、ま、待て……っ」

背中から包みこまれるように後ろから手を伸ばされた状態で、乳首を同時に弄ばれている。その上、腰を重ねるようにぐいぐい押しつけられて、契は困惑の声を漏らした。

「あ……う……、ぅ……っ」

「喪服に身を包んで、楚々《そそ》とした姿形のくせに、なんて淫乱なんだ……。もしかして、穴も開きっぱなしですか。自分が埋めてあげましょう」

「ひ……っ」

　喪服に包まれたままの腰に押しつけられた鏑矢のものは、完全に勃起しきっていた。尻の狭間をごりごりと擦りあげられて、契は悲鳴を上げた。

　花韻と一緒に暮らしの中、体を貪られる日々が続いていた契は、普通の下着をつける習慣がなかった。さすがに洋装のときは違うのだが、和服の下には裾よけをつけるのみだった。

　喪服や裾よけ越しに、男の性器の高ぶりを感じさせられる。今にも、挿入できそうだ。やはり、誰もが契を見て、欲情をしていたということか。

　花韻がするように、鏑矢も契の中で射精をしたいのだ。契の体で快楽を貪り、欲望のはけ口にしたいのだ。

「ほら、どうなんですか？　ん？」

「ひゃあっ！」

　乳首に爪を立てられて、契は悲鳴を上げる。いつのまにか、右の乳首を弄っていた手は喪服の裾を割り、裾よけの中まで忍びこみはじめる。

　そして鏑矢の指先は、臀部《でんぶ》の穴に到達してしまう。

「この穴に、あの化け物の子種をたっぷり注がれているんでしょ？　知ってるんですよ、自分は。あの離れに、あなたの姿を見に行くこともありましたから」

「……あっ、そこ、は……っ」

男の味を知っている穴を指先で突かれ、契はごくりと息を呑んだ。

花韻以外の男に触れられるなんて、初めてのことだ。

セックスには慣れている。そのはずだったのに、触れられただけでぞっとしてしまう。大きな性器を頬張らされて、さんざん辱《はずかし》められてきた穴だというのに。

「あなたがあの魔物に犯されて、ひんひん泣いている声を、何度も聞きました」

鏑矢は、猥雑な笑い声を立てた。

「姿は見えなかったけれど、声は漏れてくるもんです。ほら、あの時みたいにいい声で泣いてください」

「……あ、だめだ、はいる……！」

鏑矢の指を拒もうとして、契は尻に力を入れる。

だが、だらしない穴は、指に突かれていることにも反応してしまった。このままだと、縁がめくれあがっていってしまいそうだった。

「慣らしてもいないのに、男の指を咥えられるんですか？　本当に淫乱な組長ですね。あなたがそんなだから、組の連中も色目を使いたくなるんですよ」

穴をマッサージするように揉みながら、鏑矢は喉を震わせる。

「ほら、この嫌らしい雌穴、もうぐちゅぐちゅ言い出してるんじゃないですか。濡れてるんですね。なんて淫乱なんだ」

「……んっ、く、う、や、……入る……っ！」

「先代の法事で、こんな色っぽい喪服姿で、男を誘惑するなんて。しかも、下着は裾よけだけじゃないですか。こんな淫乱だとはね！」

「ひ…っ！」

鏑矢の指が、強引に後孔へと押し入れられる。

体内に押しいってきた他人の感触に、花韻のものではない指先に、契はぞっとした。

「あ……っ、はい、った……？」

目を見開いて、震える声で契は呻《うめ》いた。

いやだ、入れたかったわけじゃないのに。

出ていってほしい。

そんな思いで下腹に力をこめても、上手く鏑矢の指を押し出すことができないでいる。

自分が花韻に弄ばれるように、誰かを弄ぶこともできるのだろうか。そういう好奇心から出た行為だったが、遅まきながら契は自分の愚かさを思い知った。

こんなことは、誰かれ構わず、したい行為ではない。

「つるんといっちゃいましたね。この分だと、直にぶち込んでも平気そうだ。どうします、助平な組長さん、男が欲しくてたまらないんでしょ」

「やっ、ま、て……っ」

息継ぎ、喘ぎながら、契は鏑矢を止めようとする。

そんな自分が滑稽だ。

(どうせ、今更だと……思っていた)

この体は花韻の餌で、どうせ快楽の道具だ。

あの魔物の慰めだ。

そう思って、誰に体をどうされても構わないと考えていたのに、今、契は背筋を総毛立たせてしまっていた。

「待てじゃなくて、欲しいとおっしゃい。ほら、こんなにだらしなく開いていっていますよ、あなたの穴。ただの淫乱な雌ですね」

「い、や……っ」

男の味を知っている穴を指でかき乱されながら、契は喘ぎ声を漏らす。

他人に体を奪われ、支配され、穿《うが》たれることなど慣れているはずなのに、違和感がひどかった。いや、拒絶感だろうか。

快楽にすぐ媚びる体は指を貪欲に食い締めているのに、淫らに男を誘いこむ体と裏腹に、心は煮えた鉛を飲まされたかのように重く、痛くなる。

「ほら、今すぐぶち込んであげましょうね。この、小尻でしまりがいいくせに、男を欲しがっている、ド助平な穴に」

喪服の裾をまくりあげられ、尻を露出させられる。

そして、男の欲望を押し当てられてしまう。

「あ……」

指で犯された穴に、熱く滾ったものが宛《あて》がわれる。

これが欲しいのだろうと言わんばかりに、くいくいと腰を動かした鏑矢は、その勃起の強さをアピールしているかのようだった。

「や、だ……」

この男に、入ってきてほしくない。

花韻だけがいい！

「……っ、あ……」

ひくりと、喉が震える。

「……かい、ん……」

嘆願するように名前を呼んだ瞬間、後ろから契を犯そうとしていた男が吹き飛ばされた。

「……！」

今にも性器を咥えこみさせられかけていた穴が、解放された。欲望から解き放たれた契の全身から、力が抜けていった。

「呼べば、どこにでも駆けつけると言っただろう？　光と闇は一心同体だ。日の下には、かならず影がある」

「花韻……」

「影があれば、私はどこからでも現れるだろう」

その場に崩れるように座り込んだ契は、驚きを隠せないまま、花韻を見上げた。

花韻は細い眉を寄せ、じっと契を見据えた。

「おまえは美しく、淫らで、いかにも手折れそうな花だ」

鏑矢の腹部を蹴りつけて、花韻は溜息をつく。

「……おまえを捕食しようとしている連中は、たくさんいる」

「だから、日の下に出るなと？」

「いいや、だからこそ私が守ろう」

それは、死んだ女の代わりなのだろう。

無言で俯《うつむ》いた契を一瞥《いちべつ》すると、花韻は吹き飛ばされた鏑矢を睥睨《へいげい》した。

「さて、我が花嫁に手を出した不埒《ふらち》ものに、相応の罰を与えねばな」

口の端を上げると、花韻の口元から鋭い牙が覗く。

「ひっ、ひぃぃぃぃ！」

彼は、怯えて悲鳴を上げた鏑矢を見下ろす。

一気に、部屋には闇が漂いはじめた。


「さあ、邪魔者は処分した。今度はおまえの仕置きだ」

花韻は、口元を拭《ぬぐ》う。

鏑矢は花韻に吸血をされてから、まるで夢遊病者のような足取りで、この場を出ていった。

倒れている契には見向きもせず、瞳の焦点も合ってはいなかった。

吸血鬼に見つめられたものは、その瞳に惑わされ、記憶や感情すら操られるという古い言い伝えがあるが、おそらく鏑矢も花韻の思いのまま、記憶を抜かれたのだろう。

「鏑矢は……？」

「まずい血だが、欲望まみれの生気を孕んでいた。それに免じて、あれくらいで放免してやろう。むしろ、おまえを躾《しつ》けなければいけないようだ」

「……っ」

躾けという言葉には、不穏な気配が漂っていた。

契は身構え、逃げようとする。

だが、あっさりと花韻に摑まると、畳の上に引き倒された。

「慎み深い、喪の衣装に身を包みながら、男を誘っていたとは、契は悪い子だな」

「それは……」

そんなことはしていないとは、言いがたい。

実際のところ、契は男を誘ったのだから。

それがたとえ好奇心からだとしても、花韻にとっては裏切りなのだろう。

（……裏切りもなにも、あなたこそ……）

本当は、契のことなんてどうでもいいくせに。

声にならない声で、契は呟く。

それとも、『契』の名で呼ばれる以上、他の男に汚されることなど、絶対に許せないということなのだろうか。

「おまえのことならば、手にとるようにわかる。私の花嫁であることを忘れ、悪徳に耽《ふけ》ろうとしたおまえを、いじめてやらねばならなくなったな」

花韻は契をうつぶせに抑えつける。そして、乱れた喪服の裾をめくりあげると、白い太股まで剝き出しにした。

「あの男に何をされたか、説明してみろ」

「そんな……っ」

いやだと言おうとしたのに、視線が合ってしまった。しまった、と思ったときには、なにもかも遅い。

魔物の瞳に、魂ごと吸い取られてしまいそうだ。

「かい、ん……」

名前すら、呼ばされた。

そういう感覚だった。

瞳の奥を探られると、もう指先ひとつ、自分の意思では動かせなく鳴っていく気がした。

「ほら、言ってみろ。どれほど自分が淫乱で、はしたない花嫁なのか」

「……っ」

言いたくない。

でも、花韻の命令には逆らえない。

契の右手は、気がつくと剝き出しになった乳首を撫でていた。

「ここを、ひねられて……」

「ここじゃ、わからない」

「乳首……、両方の乳首、抓られて、引っ張られて……」

己の浅ましさをさらけ出さなくてはいけないことで、体が火照ってきてしまう。

羞恥《しゅうち》でどうにかなりそうだが、夢うつつの心地でしゃべらされた。

「それから、穴に指をいれられた……」

契は乳首を弄りながら、腰を高く掲げるようにして、尻の狭間に指を押し入れる。暴力を受けていたそこは、あっさりと自らの指を受け入れた。

「その穴は、誰のものだ？」

「……ここ、花韻専用の穴、なのに……、使われそうになっ…て……、ごめんなさい……っ」

自ら辱めながら、契は譫言《うわごと》のように詫びる。

これで許されるはずはないと、わかっていた。だが、命令に従わなければ、何をされるかわかったものではない。

「罰として、そのまま自慰をして、射精をしてみろ。何をされたか包み隠さず、私に許しを請いながら」

「や、できな……い……」

不自然な体勢で自慰を強要されても、無理がある。いやいやと頭を振っていたが、花韻は非情でしかなかった。

「その興奮して勃起した、いやらしい乳首は、畳に擦りつければいい。かわりに、手で体を支えればいいだろう」

「……あ、や、いや……なの……に……」

畳に頬を擦りつけるようにしながら、契は涙をこぼした。

こんな恥ずかしいこと、したいわけじゃない。

でも、花韻の言葉に従ってしまう。

言われたとおりに、乳首を胸に擦りつける。

そこはもう勃起して、すっかり堅くなっていた。こすこすと少しこねくり回すだけで、契の性器はかちかちに堅くなっていく。

「……俺、は……、法事の席なのに、男をさそ……って、乳首を弄られて、穴に指をいれられた、いんら……ん、です、ごめんなさい、ゆるして……」

自分で自分を犯しながら、契は嘆願する。

「……っ、う、ごめんなさい、花韻……っ」

なぜ、この男に許しを請わねばいけないのだろう。

理不尽だと、契は思っていた。

だって、この男は契なんてどうでもいいのに。

死んだ女の身代わりにしているくせに……。

(『花嫁』だけど、花嫁じゃないだろう?)

情けなくて、惨めで、涙が溢れてきた。

それなのに、手は花韻の命じたとおりに動く。誰にも愛されていない体へと、自分自身の手で愛撫をほどこす。

「さあ、どうしようかな。こんなにはしたない体をしているとは想像もしていなくて、私も実に残念だ」

「ひっ」

平手で臀部を叩かれて、契は小さく悲鳴を上げる。

反射的に力が入り、尻の穴がすぼまって、指を食いしめた。その瞬間、浅い部分にある一番感じる場所へと爪があたり、契は声にならない悲鳴をあげた。

「……っ、あ、あ……!」

体から力が抜けた拍子に、契は胸を強く畳についてしまった。ごりっと勢いよく擦れた乳首への衝撃に、契は思わず悲鳴を上げた。

「……ひうっ、あ、ああ……っ」

びくびくと、性器が震えている。

下腹につきそうなくらい反り返ったそこは、先端から先走りを垂れ流しはじめていた。自分で自分を辱めながら尻をぶたれたというのに、契は感じてしまっていた。

「困ったな。こんな淫乱では、躾《しつけ》のしようがない」

花韻はそう言うと、もう一度契の尻をぶつ。

「ひんっ、や……いやあ、らめ……！」

契は、一際甲高い声を上げた。

叩かれると、全身に痛みが響く。

しかし、その痛みが引いたあとに残るのは、紛れもない快感だった。

「嫌じゃないんだろう？」

花韻は繰り返し、契の尻を叩いた。

指を抜くことは、許してもらえない。だから、ぶたれるたびに、とんでもない強さで前立腺が刺激されてしまう。

体が揺れ、乳首は畳とまたこすれる。

こねくりまわしているうちに、止まらなくなった。契は身悶えするように、畳に胸を擦りつづけていた。

「ああ、これが随分気に入ったみたいだな」

大きな音を響かせて、また花韻が尻をぶつ。そして、揺れる体に走る衝撃。強烈すぎて、意識が飛びそうになった。

「や、らっ、それ、あた……る、いちばんきもちいとこ、ぐりぐりしゅゆから……ぁ……」

「それはちょうどいい。では、そのまま射精してみなさい」

「ひっ」

乾いた音が、また響く。

痛みはそれほどではないが、音でつい身構えて、下半身に力がこもる。すると、前立腺に指が当ったまま、どうしても後孔に力が入ってしまった。

「……んあっ、う、あっ、いやあ、きゃあっ！」

嬌声《きょうせい》が、止まらなくなる。

指が前立腺に当たることで、性器は強制的に勃起させられていく。今にも漏らしそうな感覚は、とても耐えられそうになかった。

「あっ、やあ、いやあ……！」

契が絶叫したそのとき、廊下を走る音が聞こえてきた。

「組長、組長はこちらですか！」

「組長！」

福留と長束の声が聞こえてきたかと思うと、部屋の襖《ふすま》が大きく左右に開けられたのだった。

五章

「ひ……っ」

思わず、契は悲鳴を飲み込む。

花韻に魅了されるまま、痴態《ちたい》をさらしていた。

そこに、第三者が飛び込んできたのだ。

さすがに、契も頭が冷える。

喪服を乱し、淫らな快楽に引き込まれた契の姿を、福留と長束とが凝視した。

彼らはふたりとも、頬を紅潮させていた。

その色は、羞恥か。

それとも……。

「ああ、あまりに大きい声を上げるから、おまえの部下たちが来てしまったじゃないか」

笑いながら、花韻は契を抱き起こし、膝の上にのせる。

「ほら、彼らにも見せてみたらどうだ。どれほど自分が淫乱で、身持ちの悪い組長かということを。

……だが、彼らに期待を持たせるのは、無残なことだな」

そう言いながら、花韻は契の腰紐を解き、着物の前を大きく開けていく。そして、膝頭を掴むように、契の足を闖入者《ちんにゅうしゃ》に向かって大きく広げさせた。

「こんな淫乱組長なら、自分たちも咥えこんでもらえるかもしれないと、思うかもしれんしな。……あいにく、それは俺が許さない」

そこで初めて、花韻は契から長束たちへと視線を移した。

「……おまえたち、忘れるな。これは、私の花嫁だ」

契からは、花韻がどんな表情をしているか、わからない。だが、その冷たい声のトーンには、ぞっとさせられた。

「どれほど淫らで、たやすく他の男に体を与えようとしても」

「あ……っ」

契の穴に、花韻は指を宛がった。

そして、それを左右に開く。

「う……っ」

露出させられた肉襞に、外気が当たる。

その感触に、契はぞくぞくと背を震わせた。

長束と福留は揃って息を吞んだ。その瞳は、契に襲いかかったときの鏑矢と同じように、ぎらついていた。

「や……め…っ」

こんな明るい日の下で、他人に淫らな姿態をさらした経験など、当然契には初めてだ。花韻の前では、どれだけでも猥雑《わいざつ》な言葉を紡ぎ、淫らな痴態《ちたい》をさらしてきたものの……。

いくら自分は人形のようなものだと思っていても、こんな姿を見られるのは、やはりたえがたかった。

契にも、心はある。

「おまえたちがちゃんと見張っていないから、組長はこのとおり、喪服に身を包んで貞淑《ていしゅく》そうな顔をしつつ、男を誘っていたぞ」

喉を震わせるように、花韻は笑う。

彼は指の腹で、契の穴の縁を撫でていた。

優しい仕草だが、ぞくぞくする。

男好きな肉筒は、すぐ傍にある指をもらえないことに、不満を訴えていた。襞の蠕動《ぜんどう》を自覚して、契は口唇を噛みしめる。

開かれた穴とはいえ、中までのぞけるはずがない。

でも、男を欲しがる自分の浅ましさを、他人にまで見透かされてしまいそうな気がした。

さらに、肝心な場所に触れてもらえなくて、もどかしさのあまり、雄に犯されたがっている穴が疼いて仕方がなかった。

「鏑矢だったか。あいつに、乳首をいたぶられて、穴に指を入れさせて……」

「ひ……っ」

長束たちの前で、花韻は契の中に指を挿入した。

見せつけるように、ゆっくりと。

難なく指を飲み込んでしまい、契は鋭く息を呑んだ。

（……されたくない、の……に……っ）

契は、奥歯を嚙みしめる。

焦らされた穴は、花韻の指先に歓喜している。

内側の快楽は、雄としての欲望にもつながっていた。勃起した契の性器は、だらだらと歓喜の涎を垂らして、しとどに股間を濡らしている。

そんな浅ましい姿を、長束や福留は目もそらさずに見つめているのだ。

「……うっ、く……」

ぐちゅぐちゅとわざとらしい音が立つような激しさで、花韻は契の中の指を抜き差しし始める。

奥までは入れられず、突き入れたときにちょうど先端が前立腺に当たるような指の動きに、契は嬌声を抑えられなくなった。

「あ……ふぅ……っ、ん……、んん……っ」

張り詰めていた性器の先端が、ひくひくと動きはじめる。

先端からとろとろと溢れてくるのは、透明の粘液だ。尿道が息づくように開閉するたびに、濃く粘りけのあるものが、どうしても垂れ流れてきた。

「……あ、ら、めぇ……っ」

このままでは、長束たちの前で、契は達してしまうだろう。

花韻の指に犯され、雌の絶頂を迎えてしまう。

「ぜんりつせ、ん……、いやぁ！」

そこに触れられるたびに、堪えが聞かなくなってきていた。

その自覚があるから、怯えから契は大きな声で叫んでしまっていた。

嫌だ、これ以上は。

射精したくない。

粗相を人前でさらけ出したくはない。

……もうこれ以上、まるで玩具《おもちゃ》みたいに扱われたくはなかった。

「嫌じゃないだろう？」

「ひぁ……っ」

花韻に強く前立腺を刺激され、契は弓なりになった。

足の指の爪の先まで、ぎゅっと丸まってしまう。感じて、どうしようもなくなっている。熱の発散をするには、部下の前で射精するしかなかった。

「くみ、ちょう……」

福留は呆然《ぼうぜん》としたように、契を呼ぶ。

彼は契を凝視したまま、動かない。

彼の傍らの長束も、同じだった。

立ち去るどころか、彼らは食い入るように契を見つめつづけているのだ。

「……み、見るな……、見ないで…っ、あ……あう……っ」

「そう言うな。……見せてやれ」

「……はう、あ……！」

前立腺を人差し指で押されたまま、今度は乳首を摘まみあげられた。そこもしこっていて、ぐにぐにと力任せに指を動かされると、そのまま意識が飛んでしまいそうになった。

「……鏑矢を誘うほど、男に飢えていたのだろう？　私以外の男に、この身を触らせようとするとはな……」

花韻は、冷ややかに言う。

人形が好き勝手したことが、そんなに憎らしいのだろうか。

「ほら、父親を悼《いた》むための日に、なにをしていたか言ってみなさい。この忠実な部下たちの前で、罪を告白するんだ。喪服を着たまま、男に乳首を弄らせて、穴には指を入れさせて、気持ちよくなっていた、と」

「や……っ」

否定するように激しく頭を横に振ると、そのこと自体を咎めるかのように、思いっきり前立腺を擦られた。

「言えないのか？」

「……っ、あ……ああ……！」

射精はせずにすんだ。だが、性器がひくひくと痙攣し、契は背をそらせるように花韻の胸へ倒れこむ。

「……ふ、あ……はう……っ」

契の全身に、強烈な快感が広がっていく。

射精はないのに、絶頂を極めてしまい、意識は朦朧《もうろう》としていた。しかし花韻は容赦なく、前立腺を刺激しつづける。

「……やぁ、ら、やめ、くるし、い……っ」

「お仕置きを、途中でやめるわけにもいかないのだろう？　それでは、おまえは「いい子」になれない」

「……っ、ひゃあん……！」

絶頂で体を震わせているのに、また新たな快楽を与えられている。このままだと、本当にどうにかなる。

狂う。

止めてもらうためには、花韻に従わなくてはならない。

「……な、さい……。ごめんなさい……っ」

食い入るように部下に見つめられたまま、花韻の指に犯され、背徳の快楽に喘ぎながら、契は呻いた。

「ちくび、も……、あな、も……きもち……いい、気持ちよくて、ごめんなさい……っ」

涙を流しながら、契は呟く。

「……も、かいん……、花韻が、いい……他の男、ちが……う……」

そう呟いたのは、ほぼ無意識のことだった。

「かぶら、や……の、ちがう、ちがった……からぁ……っ」

鏑矢の指は、違和感しかなかった。

今、契に快感を与えている、花韻の指のようには決して快楽を得られなかった。ろれつが回らないながら、必死で訴えると、花韻がようやく指を抜いてくれた。

「……おまえの気持ちは、よくわかった」

花韻は小さく微笑む。

そして彼は、契のうなじに歯を立てた。

「では、おまえを犯したがっている部下たちにもよく見せてやれ。……私以外のものに犯されても、この体は好くなれないのだと」

「ん……っ」

皮膚を食い破られる。

そこから、血が溢れる。

吸血の快楽が肉体の愉悦と絡みあい、完全に契の理性を奪った。

「おまえは、私のものだな？」

「……の、花韻の、だからぁ……」

「ああ、よく言った」

花韻は契の体を後ろから難なく持ち上げると、雌の快楽に喘ぐ契の穴へ、己の性器を宛がった。

「これが欲しいか？」

「ほし、い……」

ごくりと、喉が鳴った。

露出させられた粘膜に押し当てられた性欲は、契の全身を歓喜させる。

やはり、この熱がいい。

これで、犯されてほしい。

「花韻、ほしい、はやくいれて……っ」

髪を振り乱しながら、契はせがんだ。

「……ああ、いいだろう。ほら、おまえの大好きなものだ」

「……ん、あ……っ。ああう、ああん……！」

「……いい声で鳴くな。気持ちいいのか？」

「いい……気持ちいい、すごくいい……」

ずぶずぶと、花韻の性器を飲み込みながら、契は何度も何度も繰り返す。

「いい、花韻の、お……んちん、きもちいい……よぉ……」

嬌声を上げる契を、長束も福留も見ている。

そして、この浅ましいほどの痴態を見つめたまま、欲望をたぎらせている、彼らも共犯だ。

「……んっ、は……ぁ……、すごぉ……い、おく……おくぅ、来た、かい……ん、の……おくまできたぁ……」

疼き続けていた穴が、ようやくその場所の所有者のおかげで満たされた。

深い場所まで入りこんできた花韻の性器を、契の肉筒が締め付ける。花韻の欲望そのものを、契は恍惚の表情で味わった。

「あ……っ、い……いい、かいん、もっと、もっとほし……い……っ！」

腰を振るように、性器の快楽をねだり、契は絶叫する。

やがて、体内を花韻の精液が満たす頃には、完全に契の意識は飛んでしまった。


目を覚ますと、闇が広がっていた。

ここは、慣れ親しんだ離れだ。

無意識のうちに、契は息をついていた。

（……連れて帰られた……？）

完全に気を失っていたけれども、自分の痴態はありありと思い出すことができる。契は、力なく俯いてしまった。

こうして離れにつれてこられたのは、不幸中の幸いだろうか。

契を辱めたのは花韻だが、今の状態で福留や長束と顔を合わせるのも辛かった。

他人に痴態を見られる羞恥。それを、生まれてはじめて、契は味わおうとしていた。

「ああ、ようやく起きたか」

闇が、契へと手を伸ばしてくる。

馴染んだ冷たい感触は、花韻の手のひらだ。

「……っ」

契は飛び起きると、反射的に花韻から身を引こうとする。

でも、激しい陵辱《りょうじょく》で痛めつけられた体は思うようには動かないため、みっともなく畳に転んでしまった。

「どうした、契」

「……」

契は無言で、目の前の闇を睨みつける。

馴染んだ闇の中で、花韻の姿はくっきり捉えることができた。

彼は冷えた笑みを浮かべ、契を見下ろしている。

彼に向けて、言ってやりたい言葉がある気がする。でも、今の契にはそれを上手く言葉にできなかった。

だから、花韻を睨みつけるしかない。

もしも契がまっとうに育った身の上だったら、今の感情が「屈辱を与えられた怒り」だと、言葉にできたからかもしれない。

部下ふたりの前で陵辱されて、あられもない言葉を叫ばされてしまった。自尊心を踏みつけられた、怒り。

だが、家族の記憶すらあやふやになるほどの幼い日に花韻の供物にされ、ふたりっきりで育った。

そして十八歳になった日に、流されるように彼の『花嫁』にされてしまった契は、「他人の前で尊厳を傷つけられた」ゆえの怒りというものが、どうしてもぴんと来なかったのだ。

恥ずかしいのだと、契自身は思っていた。

羞恥は怒りとは異なる感情だ。だから、「恥ずかしい」という気持ちだと思い込んでいた感情の一部が、それだけでは説明のつかない何かのような気はしていたけれども、他にぴったり当てはまる言葉を見つけられなかった。

それでも、ぐらぐらと腹のうちで、言葉にできない感情は煮えつづけていた。それがここに来て、ようやく形となったらしい。

屈辱を与えた相手を避けたい。そういう、人間らしい感情のほとばしりが、契に花韻を拒絶させた。理屈ではなかった。

「……どうした、契」

膝をついた花韻は、契の顎《あご》を持ち上げる。顔を覗きこまれると、魔性の瞳が鋭く輝き、契を射貫いた。

その赤い瞳の色が、一際濃く見える。

「おまえは、私の花嫁だ。それを忘れるな」

闇の中、甘い声が響く。

でも、それは愛の言葉ではなくて、束縛の呪文だ。

家を守るために捧げられた身だということを忘れるなと、呪いように繰り返されているようなものだった。

「……っ」

心が、花韻の瞳に吸い込まれていく。

あの独特の感覚に、ぞっとした。

「……から……？」

意思を奪われる。

また人形にされ、花韻のいいように弄ばれてしまう。

契には感情なんて必要ないと、言われている気がした。

総毛立つ。自分はどこまでも花韻にとっては供物であり、『人』ではないということを、思い知らされる。

死んだ女の身代わりとして、可愛がられて育っただけの身の上なのだと——。

「どうした？」

花韻が、顔を近づけてくる。

「……俺は所詮、あなたの人形だから……？」

契は、掠れた声で問う。

抵抗するなら、意思を奪う。

魔力を使って、惹きつける。

そういう扱いがふさわしい、ただの飢えを満たすための道具でないから、こんなふうに快楽でねじ伏せられてしまったのだろうか。

そのために、契は愛でられているだけなのか。

花韻がかつて愛した女の身代わりでしかないのだということを知った日から、契は心のどこかで諦めていた。

いや、諦めようと言い聞かせていた。

自分はただの供物でしかなかったのだ、と。

でも、本当はいやだった。

(……俺は、この人には俺自身を見てほしかったんだ)

感情を、今更のように契は自覚していた。

(人間なんだと……)

日の下に出ることで、契はいろいろな刺激を受けた。その結果、闇の中にいたときの自分とは、なにかが違う。

闇の中によどませていた感情が、爆発した。

想いは、声にはならない。

ただ、全身が強張るほどに力を入れて、契は必死になにかと戦おうとしていた。

今まで諦めてきた自分だとか、吸血鬼の花嫁という運命だとか、おそらく契が背負い込んでいるすべてと。

魔力に抗うように体には力をこめ、震えさせている契を、花韻はじっと見つめた。

「……契?」

花韻が、契の名を呼ぶ。

本来は、契の名前ではない、でも今となってはそれしか存在を表すことができない、名を。

「おまえは……」

不思議そうに、花韻が首を傾げた。

彼は、何事か言いかけた。

だが、不意になにか他事に気をとられたような表情になり、ふと眉を寄せてしまった。

「……血の臭いがする」

「え……っ」

契は、戸惑いの声を上げる。

「組長！　ご無事でしょうか！」
その時、離れの外から大きな声が聞こえてきた。
「襲撃です。どうか、そこから出ないでください。おそらく、この屋敷の中で一番安全でしょう
……！」

契は、大きく目を見開く。

「襲撃……？」

それは、惨劇の知らせだった。

六章

先代の法事で、幹部が集まっている。襲撃には絶好の機会——仁義なきものたちの目には、そう映ったのだろう。

深川組と抗争を繰り返している、大陸系暴力団、黒幣。彼らには、慶弔に配慮するなどという考え方はない。

むしろチャンスと考えて、精進落としの宴会で守りが甘くなっている深川組へ、鉈《なた》や斧《おの》で襲いかかってきた。

もちろん、狙いは契。新しい組長だ。

幸いなことに、死者は出なかった。長束の指揮のもと防戦し、警察を呼ぶまで持ちこたえることに成功した。

ヤクザが警察を呼ぶなんて、と嗤《わら》われたのも今は昔。

今回は、こちらから仕掛けたわけじゃない。そういうことなら、下手に暴力沙汰で対抗するべきではなかった。組を取りつぶすための、口実にされるだけだ。

武闘派と言われた深川組も、昨今の暴対法で追い詰められているのは間違いない。そのため、自分たちが手を汚さずにすむときには、なにもすべての喧嘩《けんか》を買ったりはしなかった。

……しかし、報復しないわけじゃない。

「本家に、よりにもよって先代の四十九日に押し入られるとは、深川組の名折れ。これは、黒幣に報復をせねばなりません」

警察が去ったあと、酔いも冷めた幹部たちは、書斎に集まっていた。

幸い、ここは組長の本宅で、警察に見られて困るものは置いていない。警察は、ここぞとばかりに家捜しをしたがっていたものの、深夜になったら引き返していった。

とんでもない事件だが、嬌態を見られたあと、長束たちに合わせる顔がない状態だった契にとっては、不幸中の幸いだった。

長束も福留も、そして花韻に記憶が抜き取られた鏑矢もまた、この場に顔を揃えている。長束や福留はともかくとして、鏑矢に記憶があったら、厄介なことにはなっていただろう。

契の痴態を見たことについて、どう感情的に処理したのかわからないが、長束にせよ福留にせよ、以前と態度は変わりがないように見えた。

長束は、真摯な表情で膝を進めてくる。

「組長、どうかあの魔物にご命令を。このような襲撃を仕掛けられた以上、もはや黒幣の中枢を狙うしかないでしょう」

「黒幣の中枢？」

「大陸系の組織である黒幣は、根城が香港《ほんこん》にあります。日本支部の長は『猫《マオ》』と呼ばれていますが、大陸の組織に上納金を払い、看板と、大陸の黒幣が送りこむ不法入国者のうち、めぼしいものを借り上げ、動かしているようです。いわば、烏合《うごう》の衆《しゅう》を動かしている中枢、頭脳はひとりだけという……。だからこそ、潰そうとしても潰せなかったのですが。小競り合いをして潰したところで、また別の連中を大陸から呼び寄せるだけで」

一瞬、目が合ったときに長束は頬を赤らめたものの、さっと冷静な表情になっていく。彼はあくまで、契に対しては組長代行として接するつもりのようだ。

「いわば、黒幣のフランチャイズというべきか……。そして部下は全員日雇い派遣みたいなものですね」

「つまり、日本の黒幣という組織は、実質、その猫とか呼ばれている男さえいなければ、活動をしなくなると？」

「そういうことです」

長束は、苦々しげな表情をしている。

古いタイプの極道である彼には、猫という男も、黒幣の在り方も理解しがたいという顔をしていた。

(面白いな)

さすがに、素直な感想を口にしてはまずいことくらい、契にだってわかる。

だから黙っていたものの、敵だという男に、契は興味を抱いた。

他人に人生をコントロールされるばかりの契とは、対照的な男らしい。他人を管理し、支配し、そして命令することに長けている男。

目的のためにチームを組み、それが終わったら解散するという、まるで風に流される雲のように自在に形を変える犯罪組織。

(大陸における黒幣はともかく、日本で深川組と抗争している黒幣という組織は、実質、猫というひとりの男だけっていうことになるんだな。手足になっている連中をどれだけ潰しても、関係ない。捕まえたところで、彼らも情報を持っていない……)

現実というものをよく知らず、知識だけで成り立っている契だが、その知識を検索しても、猫という男が、かなりユニークな存在であることはわかった。

「……その、猫という男を殺せということか」

「彼を暗殺すれば、すべてが終わります。新宿《しんじゅく》のシマがぶつかりあっている以上、消耗戦のような抗争は止まりません。このままでは、もっとひどいことになる」

契に対して、長束は珍しく険しい表情を見せた。

「もっとも、黒幣の特殊な形態から、うちのシマをあっちが完全に奪うということも考えにくいのですが。継続的なシノギは、あの組織の形態からして、無理でしょうし」

「無理というよりは、必要としていないんだろうな。要するに、犯罪のために一時的に不法入国者やら大陸の黒幣の連中を呼び寄せて、チームを組ませて運営して、そのあとは後腐れなく解散させて終わり、っていうやり方をしているんだろう？　たとえば、父の四十九日のときに殴りこんできた連中も、そのためだけに雇われただけってことで、もう日本にいない可能性も高いかもしれないという話なんだろう？」

「そのとおりです、組長」

「でも、そこまでわかっていて、どうして今まで、正面切って、対抗しようとしていたんだ？　そんな、組織とも言えない組織相手では意味がないように感じるが」

「手厳しいお言葉ですが、そのとおりです。我々は先代の頃から、黒幣がどういうものか、よく理解せずに争ってきました」

「……なるほど」

「これまでは、あちらの内部がわからなかったのですが、命懸けで二重スパイをしてくれた者がいて、ようやく黒幣というものが何か、わかりました。彼の命を無駄にしないためにも、一気にカタをつけるべきです」

「命、か」

契は、思わず声を低めてしまった。

つまり、スパイを務めた組員は死んだのか……。

契にはいまだ、死という言葉がぴんと来ない。死というよりも、噎ぶような血の香りは身近なものだったのだが。

だが、死は誰かともう二度と会えなくなることだというのは知っている。

父や兄を恋しいという気持ちはなくても、母のことを考えると、心のどこかがざわっとする。

契が離れに閉じ込められたあと、沙耶を生んでまもなく亡くなったというが……。

契は、小さく頭を振る。

感傷に耽っている場合でもないだろう。

「花韻に、その猫の暗殺を命じてほしいという話なんだな」

「それが、深川組を守るための、最善の方法でしょう」

長束の言葉に、迷いはない。

他の執行部の人々も、顔を見合わせては頷きあっている。

花韻が時々、誰か知らない人の血の香りをまとわりつかせていたことは、契も知っていた。その臭いがするとき、誰かの命が失われていることも。

花韻が守護をしているのは深川家である以上、命令を下していたのは契の父だろう。そして今、はじめて契自身が、花韻に「人を殺せ」と命令する立場になったのだ。

黙りこんだ契に、視線が集まる。

組長としての、契の決断を期待されている。

（……ここで頷くことしか、求められていない。俺の意見などは、誰も聞く気がない。それを、包み隠すことすらしないんだな）

冷めた眼差しで、契は一座を見回した。

花韻の人形である契は、今となっては深川組の人形でもある。

それを嘆きはしない。

もう、嘆いてもどうにもならないことなのだと、知っているからだ。

「……組長の、辛い立場はお察しします」

黙っていた契をどう思ったのか、長束が声をかけてくる。

「しかし、深川組にすべてを捧げていらっしゃるあなたを、尊敬していますよ」

長束がそんなふうに言うのは、花韻を動かすためには、契が血を与えなくてはいけないからだろうか。

それとも、セックスのことか。

本当に、心からの敬意を示す言葉だったのだろうか？

微妙に色めいたニュアンスの漂う言葉は、契の中のなにかを突き動かした。

濁り、よどんだ感情を。

（すべて、か）

契がなにをされているのか知った上で、彼らはそこから得られる利益を甘受している。ささくれだった心が、大きくずる向けて、傷口を露出させた。

その生々しい痛みが、契を吹っ切らせる。

「わかった」

契は掠れた声で呟いた。

「花韻と、話をしよう」

組員たちは、ほっとしたような表情になり、喜びのざわめき声を上げた。

契を犠牲にして、花韻を使役して、組の安全を守る。その正義を疑いもせずに、大喜びをしている男たちを、契は無表情に眺めていた。

気がつけば、手のひらを握りこんでいる。

溢れてくる感情が、どうしても抑えられなかった。

ひとりきりになってから、どれだけ経っただろうか。

ようやく覚悟を決めた契は、男の名を呼ぶ。

「花韻」

闇が動いた。

そう、契は錯覚しそうになった。

明かりをつけるのも忘れていたらしい。夜明けの淡い光が忍びこんでいたはずの書斎で、突然、ひとところの闇だけが深くなり、そこから花韻が姿を現した。

名前を呼べば、どこにいようとも駆けつける。そこに闇が、影があるのならば——その言葉どおり、彼は契の傍にはせ参じた。

「……難しい顔をして、何を考えこんでいる？」

花韻は、静かに尋ねてくる。

「あなたには、そう見えるのか？」

「ああ」

「もう、決まったことだ。それを、あなたに伝えるためだけのことなのだけど」

「つまり、命令を下すのが恐ろしいか」

その言葉に、契ははっとした。

執行部は、「花韻を使いたい」と契に懇願した。花韻の手で、自分たち深川組の脅威《きょうい》である黒幣を葬ってほしい、と。

だがそれは、契が花韻に対して、人を殺せと命令するも同じことになる。

(……もう、腹は決めた。それは本当だけれど……。人を殺せということを、俺は躊躇っているのかな)

自分は所詮、人形のようなものだと思っていた。

でも、やっぱり人間だ。

……人間だから、きっと今、こんなふうに悩んでいる。

契は、手のひらを握りこんだ。

(ああ、そうか。これも、生きているっていうことなんだな)

契が決断し、そして契が命令する。

なにかを決めるということは、とても怖い。

心臓は早鐘のように音を立てている。

たとえ契が花韻に命令をする立場になったとはいえ、彼の花嫁として隷属《れいぞく》する立場だということには変わりがない。

どうしたって自分のものとは思えない、この体。そして、人生。それでも、花韻に命令をするときには、人形である契が彼に対して意思を示すことができるのだ。

(歪んでいるな)

なにより歪んでいるのは、ほの暗い歓びを感じてしまった契の心だ。

これまで、花韻のもとで暮らしてきた間には気がつかなかった、自分自身の歪みや綻びを、今更のように意識する。

日の光は、契の心の闇までも照らしだすらしい。

花韻は、契の前に膝をつく。

「私は、おまえの剣だ。おまえには、命令をする権利がある」

「……」

「『花嫁』の命を守るためならば、私はどんなことでもしよう」

「……守れなかった女がいたから?」

いつか聞いた、花韻がヨーロッパにいた時代の出来事を思い出す。

それを口にできたのは、契が本当に気にしているのが、そのことではないからだ。

本当のことは言えない。

だから、契にとってはそこまで大きなわだかまりではない、でも関係がなくもない話題が、口を突いた。

花韻は悠久の時を生きる魔物だ。

彼のかつての恋がまったく気にならないと言えば嘘になる。でも、それはどこか、遠い国の物語を聞いているような気持ちで受け入れられた。

ただ、契の胸を焦がすのは、たった一人の女のことだけだ。

花韻を深川の家に縛りつけた、はじまりの女。

契を通し、花韻が本当に愛でたいと思っている相手……。

「ああ、そうだな。守れず、打ちのめされるのは一度でいい。……たしか、幼いおまえにも、そういう話をしたか。なぜ、深川の家を守るのかと、おまえが問うから」

「ああ、覚えている」

契は、小さく頷いた。

花韻の話は、全部覚えている。

この男を好きか嫌いかなどと考える以前に、この男が契の『特別』だった。

でも、この男にとっての契は、『特別』ではない。

花韻にしてみたら、いにしえの契約に従って差し出されたものを手にしただけで、罪悪感もなにもないのかもしれない。

だからこそ、契の胸は千々に乱れた。

顔を上げた花韻は、契の頬に手を伸ばしてくる。

「おまえを守ると、誓う」

契は、その手を振り払うことはなかった。

でも、心を冷え冷えとさせ、花韻の言葉を聞いていた。

(その言葉が、俺自身のものへのよかったのに。深川の一族でも、はじまりの女へのものでもなくて……)

花韻をここで拒んだら、なにかが変わるだろうか。

契が人として、彼を拒んだら？

そうしたところで、結果に期待することはできそうにない。

つい先日も、官能的な責め苦を与えられたばかりだ。契に一切の言い訳を許さず、花韻は力で押さえつけることを選んだ。

つまり、あれが花韻の答えだ。

人形は人形のまま大人しくあればいい、と。

契自身のことに、きっと花韻は関心がない。

自分がただの身代わり人形だということはわかっていても、改めて自覚させられたことで、契の中でなにかが変わった。

（本当に、俺が人形になりきれていたらよかったのにな。きっと、今みたいな思いをしなかったんだ。素直に花韻に可愛がられることができた）

花韻だけではなく、深川組の人形にでもなった今、こんなことに気づくなんて皮肉でしかないのかもしれないが、契はやはり人間だった。

どうしようもなく、疑いもなく、自分は人間だと、生まれて初めて確信していた。

……だから、決めたことがある。

契は、手のひらを握りしめる。

決意を隠すように。

頬に手のひらを添え、花韻は顔を寄せてきた。

軽く顔を傾かせた彼は、契の首筋に口唇を寄せる。そして、静かに牙を突き立てた。

「……っ」

花韻が、契の中に入ってくる。

皮膚を食い破り、肉に交わろうとする。

契は眉を寄せた。

沸き上がる吸血の快感に、息を呑んだ。
体から、力が抜ける。
賽《さい》は投げられた。
（俺は、人を殺す。そして……）
契は、うっすらと笑う。
（きっと、その瞬間『人』になる）
快感に犯されていく体を投げだして、契は目をつぶった。

敵対組織のボスを暗殺すると言っても、相手の所在を摑まなければ何もできない。

吸血鬼である花韻は、一度招待された場所ならばどこにでも忍びこめるというが、あいにく、敵対組織の首領のもとになど、招待された経験があるはずもなかった。

そうなると、新宿の夜に身を潜めているという猫を、おびき寄せる餌が必要になる。

「俺が、話し合いの場に出ればいいんじゃないか？」

執行部との二度目の話し合いのときに、契がそう提案したのは、何も犠牲精神からの言葉ではなかった。

契には契で、目的がある。

契の言葉に、座はざわめいた。まさか、契自身がそんなに、積極的なことを言い出すとは、思ってもいなかったのだろう。

「それならば、私がお供します」

申し出たのは、桜井《さくらい》という名の若頭だった。

執行部の中ではまだ若い、三十代後半の男、つまり福留や長束と同世代か。理知的で、いかにも頭が切れそうな雰囲気を漂わせている。

「いざというときは、私が組長の盾《たて》になりましょう」

「俺には化け物がついている。そうそう死なない」

肘置きにもたれかかるような気だるい態度で、契は言う。

少し首を傾けると、斜め向かいに座っている鏑矢が、ごくりと息を呑んだ。記憶は消されているはずだが、性根は変わっていないようだ。

長束や福留の態度を見ても、契の見た目が彼らを惹きつけることには変わりはないようだが、今となっては面白いとは思えない。

いや、自分が人を振り回す側になるという経験が面白いというのには変わりはないのか。ただ、それは本当に自分がやりたいことではないと気がついてしまった。

だからもう、契にとっては意味がない。

本当は、たった一人の男の気が惹ければよかった。

彼が、自分を見てくれればよかった。

彼にすべてを捧げた自分に、もっと見合うものを与えてほしいと望むのは、身勝手な願いなのだろうとも、気持ちの押しつけだろうとも、契だって理性では考えるのだ。でも、感情はままならない。

よどんだ想いは、吐き出し口を求めている。

「それでも、万が一のことはありますので」

桜井は、凛とした態度で言う。

「自分は、組長に感銘をうけました」

「俺に感銘？」

「幼い頃から深川組のために生きて、そして今また深川組のために死のうとしている。素晴らしいことだと思います」

深々と頭を下げる男を、契は無表情に見つめる。

（素晴らしい、ね……）

契の命を貪りながらも、自分たちも死を覚悟しているという。

そこまでして延命しなくてはいけない「組」とは、いったいなんだろう？

「私は組長に惚れた。惚れた男のことは、組長のお好きにしてもいいのです」

契が返事をしないのをどう思ったのか、桜井はさらに熱っぽく訴えてきた。

（好きに、ね）

それでは、契が今身のうちに抱えている想いは、『好き』という感情ではないことだけは確かなのだろうなとも、契は思った。

花韻の好きにされたくない。

もう、これ以上……。

目の前にいるのは深川組の人々。

だが、契が考えるのは、花韻のことだけだ。

(もう、やめよう)

契は頭をひとつ振ると、気持ちを切り替えようとする。

そして、あらためて座を見回した。

「おまえたちも、俺に賛同をしてくれるということか。それでは、あとは俺と花韻に任せてほしい。

桜井、本当に話し合いの場についてくる必要はないからな」

「ですが、お供のお許しを」

「……わかった」

あまりにも、頑《かたく》なに拒むと、疑念を生むだけだろうか?

桜井の決意が固そうなので、契は彼を謝絶するのは諦めた。

そして、ちらりと長束を一瞥《いちべつ》する。

「それでは、黒幣に連絡を。今回のことを手打ちして、新宿の利権について話し合いたいと言えば、
食いついてくるんだろうか」

「おそらく」

長束は、小さく頷く。

「それでは、早々に話し合うことにしよう。あちらの家に招いてくれるとは思えないから……、やはり話し合いの席、その場で花韻を呼び出すしかないだろうな」

「組長は軽装でよいとおっしゃいますが、それでは逆に勘ぐられるでしょう。敵地に赴《おもむ》くにふさわしい、護衛は必要です」

長束は、ちらりと桜井に視線を移す。

「桜井だけではなく、護衛が何人かいたほうが、あちらも不信を抱きません」

「それは、もっともだな」

「桜井に護衛の指揮を委ね、威勢のいい若いものを何人か、見繕《みつくろ》うことにしましょう」

長束の言葉に被せるように、傍らの福留が身を乗り出してきた。

「組長、代行は本家に残る必要がありますが、自分もお供させてください」

「いや、いい。おまえも残ってくれ」

長束がなにか言う前に、契が答える。

本当に、疑われない最低限の付き添いでいい。

「しかし、自分も組長には惚れています」

見つめてくる福留の瞳には、情欲の炎が揺らめいている。

花韻に犯される浅ましい契の姿を見てもなお、それとも見たからこそなのか、彼の契に対する欲望は衰えることがなかったようだ。

たとえ態度は以前と変わりがないよう抑制していても、感情は抑えられないということだろう。それもまた、人間らしい話だ。

契は、福留を悪く思わなかった。

そして、それゆえに、今回は彼を同行させたくない。

「では、惚れた男の命令を聞け。俺には花韻がついている。なにも幹部クラスで、危険に身をさらす人間を、これ以上増やさなくてもいいだろう」

「……組長」

瞳を潤ませる福留は、もしかしたら契の言葉に感動しているのだろうか。

契が、彼の身を慮ったと。

(あいにく、俺はそんな『いい人』じゃないんだよな)

契は、小さく息をつく。

(人数が多すぎると、俺の目的を果たすには邪魔になるし……。俺に思い入れを持っている人間だったら、なおのことだ)

内心は隠して、契は淡々と告げる。

「猫の側の護衛がいても、花韻の敵ではないだろうが、数がいると面倒だな。話し合いの席は、一対一のほうがいいかもしれない」

「それはそうかもしれませんが……」

長束は渋い表情になる。

「……人間は、化け物に勝てない。心配するな」

契は素っ気なく言うと、わざと話題を変えるよう仕向けた。

「とにかく、猫ひとり仕留めれば良いのだろう？」

「そうですね」

契の思惑を知ってか知らずか、長束は話に乗ってきた。

「シノギのタネを見つけると、その都度チームを組むというのが、猫の支配下である黒幣のやり方です。そして、猫の仕切りで犯罪が実行されているわけです」

「頭が切れる男なんだな。寄せ集めを指揮して、成果を上げているというわけか。……もっと他のことに、その頭脳を使えばいいのに」

「厄介なことに、組長のおっしゃる通りです。それゆえに、猫イコール黒幣の日本支部であるとも言えるわけです。ほとんどが不法就労や不法入国の外国人ばかりで組織される配下は、目的を果たすと帰国してしまい、足取りを摑むのも難しい。正確には、彼らは組織とは言えないかもしれません」

「猫は犯罪の手配者みたいなものだな」

インターネットなど、連絡をとるツールが多様になり、地理的距離が関係なくなった今だからこそ、猫のやり方は可能なのだろう。

彼がこの時代の申し子だとしたら、古くさい呪いに頼る深川組は過去の遺物なのかもしれない。

(本当は、消えていくべきものなんだろうな)

冷めたことを、契は考えていた。

だからと言って、いたずらに人を死なせたいわけじゃない。

「これで、話はまとまったか。俺から、花韻には話をしておく」

「そういえば、彼を最初から護衛として連れていきますか?」

長束の言葉に、契は考えこむ。

たしかに、最初から連れて歩いても構わないのだろうが、でも……。

「……そうだな。日の光は致命傷とは言わずとも、苦手なようだからやめておこう。夜ならともかく、昼は避けたほうがいい。名前を呼べば、駆けつけるのだから」

俗世の血なまぐさい話をしているはずなのに、大まじめに吸血鬼について語っている自分が滑稽だ。

つい、契は微笑んでしまった。

そして、花韻を気遣うようなことを考えている自分に気がついた途端、とてもばつが悪い気持ちになってしまった。

「日の下には、必ず影ができる。彼は俺が名前を呼べば、その影から現れるだろう。たとえ、どんな場所であっても」

いつも花韻に言われていい言葉を、契は深川組の人々に伝える。

「……組長にお任せをします。我々では、わからない部分ですので」

妙に緊張したような真顔で、長束は言う。

どうリアクションしていいのかわからないと、言わんばかりの様子だった。

「ああ、そうだろうな」

皮肉なつもりもなく、小さく契は頷いた。

人外の魔物が深川組を守護している。

それは、執行部なら誰もが知っていることだが、皆、忌《い》まわしいものには積極的に近づこうとはしない。

目を反らしている。

ゆえに、花韻の扱い方など、契にしかわかるはずもなかった。

（本当は、俺だって魔性の仲間だと思っているんだろうな）

実の妹の、憎しみが籠もった表情を、契は思い出さずにはいられなかった。

自分とは異なるものを忌避する表情。

沙耶は、実に素直な娘だ。

(……俺が死んだら、彼女は喜ぶだろうか)

喜ばれたとしても、沙耶を責めるつもりはない。

理由は違えど、契本人も、自分自身に憎しみに近い感情を抱いているのだから。

こんな人生を送ることになった、そしてろくにその人生から逃れる力も持たない自分自身のことが、たぶんずっと憎かった。

「それにしても、組長の胆力には、この長束も敬服いたします。まさか、ご自分が囮になることを考えていらっしゃるとは……」

長束もまた、桜井や福留と同じく、熱っぽい眼差しで契を見つめてくる。

(本当に、沙耶の言うことを否定しきれないな……)

たしかに、契は執行部の男たちを惑わせる容姿をしているらしい。

肝心の男の気を惹けないのに、他人ばかり惹きつける。

苦い気持ちが湧き上がってくる。

本音は言わないが、騙《だま》しているつもりはない。

それでも、自分がひどい詐欺師のような気分になってくる。こんな価値のない男に、いったい彼らはなにを見いだしているのだろうか。

「俺には魔物の加護がある。ただ、それだけのことだ。今回の件は、任せてほしい」

そう言った契に対して、執行部の男たちは皆、深々と頭を下げたのだった。

黒幣との対談は、間を置かずに叶うことになった。

指定されたのは、うらぶれた倉庫街の一室。お互いのシマではない場所で、人目につかないところがいいという判断で選ばれた。

事前に深川組も調査を入れたが、確かに黒幣の息はかかっていない。競売物件だが買い手がつかず、朽ちるままになっている場所のようだった。

(花韻は、俺が名前を呼べば、どこにだって来るだろう。場所なんてどこでもいいが……。時間帯に昼を選ぶとは思わなかったな。ヤクザの密談は、夜にしているイメージがあるんだが)

ネクタイを福留に整えさせながら、契はぼんやりと今日のことを考えていた。

上手くやりとげねばという気負いがないせいか、契は緊張していなかった。

そんな契を、福留も長束も「胆力がある」と褒めたが、それは買いかぶりすぎというものだ。

福留は契の着替えを何度も手伝ってくれているが、そのたびに顔を赤くする。その赤みは、欲望の証しだった。

毎日のことだというのに、慣れないのか。

福留がなにを望もうと、もう二度と花韻以外の男に体を与えることなど、契は考えてもいない。

あんな恥辱を味わわせられるのは、ごめんだった。それに、他の男に触れられるということは、全身で拒絶したくなることなのだと、思い知らされたからだ。

だが、向けられる情熱に、自分が誰かの心を惹きつけ、かき乱しているという実感は、やはり心を浮き立たせてくれる。

彼の感情に、ほだされるということはない。それでも、自分がまともな人間だとしたら、きっと嬉しいんだろうな、と思った。

相手を振り回せるのが面白いだなんていう、歪んだ楽しみ方をせず……。

(俺は、性悪なのかもな)

ネクタイから、ふと福留の手が離れた。

「いかがでしょうか？」

契は、小さく頷いた。

「ありがとう、福留」

微笑むと、福留は深々と頭を下げた。

「どうぞ、ご武運を」

「……俺は、なにもしない」

「ですが」

「目的を果たしても、俺の手柄じゃない。だが、巻き込む桜井は気の毒すぎるな」

護衛をひとりもつけないというのは受け入れられないと、黒幣側からは申し入れがあった。そのため、契は桜井とふたりで、会見の場に挑まなくてはならない。

あちらの警戒も当然だろう。

こちらは護衛をつける気はないと言っても、いらない憶測を生むだけになりそうだった。そのため、桜井は契と一緒に危険な会談に出席することになってしまった。

(まあ、お飾りの組長の俺では、その場で決められないことばかりだ。桜井がいてくれたほうが、話はまとまる……、いや、会談をしているふうにはなるんだろうな)

話し合いは目的ではない。

契はこれから、人を殺しにいく。

だからと言って、最初から話し合う気がないような心構えでいくのも、投げやりすぎるだろうとは思う。

「……桜井、本当に組長と一緒に行くの？」

少し離れたところから、妹の声が聞こえてきた。

ちらりと契が視線を移せば、沙耶が桜井に話しかけている。

気のせいか、沙耶は遠目にも涙ぐんでいた。

「なにも、若頭であるあなたが、危ないところに行くことはないじゃない」

「若頭だからこそ、自分がひるんでいるようでは、下のものに示しがつきません」

桜井は穏やかだが、毅然《きぜん》とした態度で沙耶に接しているようだ。

沙耶は、怒りをこらえたような顔つきをしている。

自分は彼女の怒っている顔しか知らないなと、契は思った。

「でも、組長には化け物がついているでしょう？」

「組長おひとりで行かせたら、黒幣は罠ではないか、組長は本物なのかと疑うでしょう。だから、若頭としての地位があり、顔を知られている私がご一緒するのが、一番よいのです」

桜井は、沙耶へと微笑みかける。

「かならず、組長は私がお守りします。ですから、お嬢さんはご安心ください。私は組長に惚れ込んでいます。盾にもなりましょう」

「私が心配しているのは、あなたのことなのに……。馬鹿！」

そう言うと、沙耶はスカートを翻して、駆けていってしまった。

「お嬢さん……」

桜井は困惑しきった表情で、沙耶の去っていった方向を眺めていた。

(そういえば、沙耶は桜井を慕っているという話を、聞いた気がするな)

沙耶が桜井に向ける眼差しは、男たちが契を見るような、情欲に濡れているわけではない。だが、強い感情を向けているのは、傍目にもわかった。

同じ親から生まれたが、彼女は契とは異なる生き物のようだ。

沙耶が桜井を見つめるような真っ直ぐな瞳で、契は花韻を見つめられるだろうか？

(……俺も小さな頃は、あんな顔で花韻を追いかけていたかもしれないけれど)

自分の特別な男にとって、自分は特別な存在ではないのだと、知られるあの日までは……。

(沙耶が俺みたいな立場だったら、どういう目で花韻を見るのかな。あんな真っ直ぐな目をしていられるんだろうか)

契は、小さく首を横に振る。

考えても、仕方がない。

自分と沙耶は、分かたれて育った。

そして、結果が今だ。

妹のように、「普通」に育ちたかったなどと、思ったところでどうにもならい。

(……それに、俺はどうせ、欲しいものを手に入れられることはない)

諦めという呪いが、契を蝕んでいる。

どんなに考えても、未来が見えない。

期待もできない。

(俺の欲しいものは、そんなに大それたものなのかな)

花韻の心が欲しかった。

死んだ女に向けられた感情を、契自身のものとしたかった。

それ以外のものは、欲しいと思えない。

自分の心はどこか歪なんだろう。

この執着は、閉じ込められて育ったせいなのかもしれない。

でも、他の何者でも、契自身の気持ちが『これ』ということも確かだから、抱えていくしかないのだろうとも思っている。

「桜井」

契は静かに、妹の想い人の名を呼ぶ。

「はい、組長」

桜井の瞳は、一途に契を見つめていた。

もう、沙耶を案じていた表情はかき消えている。

心を奪うとは、こういうことなのだろうか。

今は、どことなく後ろめたさを感じていた。

その気持ちを振り切って、契は桜井とともに、車に乗り込んだ。


指定された倉庫に辿りつくと、小柄で、にやけた笑顔の、可愛いと言えるほどの顔立ちをした男が、契を出迎えた。

契の兄が死んだ時のことを考えると、もう五十歳前後ではないのだろうか。どう見ても、三十代にしか見えない容貌《ようぼう》をしている。

彼は背後に、二メートル以上はあろう、長身の、体格のいい男を連れていた。

今回の会合では、護衛はひとりずつ。この大男は、選ばれたひとりなのだろう。

年齢不詳の男は、人なつっこい笑顔になった。

「へえ、あんたが、新しい深川組のボス？　ふーん、また、前とはずいぶん違った雰囲気の頭になったんだなあ」

じろじろと、年齢不詳の童顔の男が、契を見つめる。

居心地が悪くなるほど、執拗に。

しかし、その目つきには、どこか油断にならないものが感じられた。

年に似合わない外見や、人なつっこさも彼の武器ではないのかと、思わず警戒してしたくなるような。

「桜井が一緒ってことは本物と思っていいのかな。……まあ入りなよ。僕が『猫』だ」

無造作に差し出された右手を、契は無表情に握りかえす。

名乗られる前から想像はついていたが、やはり意外だった。

桜井も、傍らで静かに驚いている。

寄せ集めの連中をコマのように使っているという話だったから、どれほど老獪《ろうかい》で、いかにも黒幕のような人間が出てくるかと思ったら、まさかこんなタイプだとは。

しかし奇妙な抜け目のなさや、油断のならない目つきには、ただならぬものを感じる。彼が黒幕だと言われると、説得力はあった。

「ようこそ、フェアな会見場へ」

笑いながら、猫は倉庫に契と桜井を迎え入れる。

「……っ」

扉から溢れてくる強い光に、契は愕然《がくぜん》とした。

倉庫は光に満ちていた。

「なんだ……？」

「すごいでしょう。舞台のライトを借りてきたんだ」

にやりと、猫は笑う。

「強烈な光を多方向から発して、乱反射させると、影を打ち消すことができるからね。結構面倒だったけれど、まあおまじないみたいなもので」

「影……？」

「そう、影」

笑いながら頷く猫を見ていると、ぞくりと背筋が震えた。

嫌な予感がする。

契は目を眇める。

「いったい、なにを……？」

「そりゃ、あんたたちが一番わかってんじゃないの」

猫の言葉に被せるように、背後で重い音がした。

はっと振り返ると、倉庫の扉が閉められている。

「『影』を消せってね。さもないと、僕が殺されるなんて、若い女の子がわざわざ電話かけてきてね。あんた、恨まれてるね」

にやにやと、猫は笑っている。

「情報を伝えてくれる電話は二本あった。ひとつは化け物の話を語って、もうひとつは今日の詳細な護衛の状況などを教えてくれた」

「……っ」

契は、驚きのあまり目を大きく見開いた。

まさか、花韻のことを黒幣に伝える人間がいるとは、考えもしなかった。

（しかも、若い女……？）

ごくりと、息を呑んでしまう。

自分たちは似ていない兄妹だったが、この土壇場《どたんば》では似てしまったのだろうか。

『裏切り者』の精神が。

「護衛の情報は、現実的に役に立った。……もうひとつのほうは、どうもおとぎ話だったみたいだけど、俺の使っていた連中がへんな死に方してるのは確かだし。まあ、面倒ではあったけれども、対策立てておくのには越したことはないなって」

彼の言葉どおり、がらんとした倉庫の中は、ありとあらゆる方向からライトに照らされ、影が吹き飛ばされてしまっている。

「結構、苦労してるんだよ。床をレフ板もどきにしたり、強烈な照明にディフューザー噛ませたりね。……まあ、上手くできてんじゃない」

くくっと、声を立てて猫は笑う。

「怖い怖い、お化けが出てこないように」

「……っ」

猫の連れている護衛から、大きなプレッシャーを感じる。契だけではなく、桜井もまた緊張を張らせているように見えた。

(花韻の存在がバレたのはともかく、対策を立てられるとはお手上げだな)

契を驚かせたのは、『吸血鬼』である花韻の存在を知っているだけじゃなく、信じているような猫の態度だった。

それだけ、「若い女」の話に、信憑性があったということなのか。

(もしかしたら、彼女は名乗ったのか)

契は眉を顰める。

人の心とは、難しい。

まさか、『彼女』が、桜井を窮地に追い込むような真似《まね》をするとは、思わなかった。

「……電話の女は、いったいあんたに何を話したんだ」

「いろいろとね。まあ、本当にいろいろと。最終的に、あんたを殺してもいいっていう話になったことは教えてあげよう。……そこの、お供の命だけは救うかわりにね。謀反人だけ引き連れて交渉に来るとはね、あんた馬鹿？」

「謀反人……」

呆然としたように、思わず契は呟いてしまった。

そして、ちらりと桜井を見遣る。

桜井は蒼白《そうはく》だった。

「誰が謀反人だ……っ！」

桜井は驚愕の声を上げる。

「組長、なにかの間違いです。私は決して、組長に害をなそうとはしていません。この男は、でたらめを言っています！」

「落ち着け、桜井」

契は冷静に、桜井を窘《たしな》めた。

「なんにしても、俺たちの情報は売られている。外で待っている護衛役たちが、無事だといいんだが」

契の車に同乗したのは桜井だけだが、別の車に三人、さらに目立たないように先行させていた護衛が四、五人いる。

先行の護衛たちは、おそらく捕らえられただろうし、別の車の連中も、抑えこまれているに違いない。

隠密の行動は、ばれてしまったら負けだ。

「とんでもない世間知らずって聞いてたけど、あんた、案外、状況把握能力あるね。怖い怖い。ここで潰しておかなくちゃいけないな」

猫は、肩を揺するように笑っている。

「いったいどうして、機密レベルのことを……」

「……沙耶だろう」

桜井は呻き声を上げるが、本当にわかっていないのだろうか。

契は、冷静に彼に返事をする。

「俺を殺したくて、桜井を守りたい女というと、ひとりしか思い浮かばない」

「そんな、お嬢さんが！」

桜井は、動揺を隠せないようだ。

彼の中の沙耶は、小さな女の子なのだろうか。

そうだとしたら、恋心を抱いていた沙耶は、むごい扱いをされていたことになる。

もちろん、桜井は悪くない。彼の心は彼自身のものなのだから、沙耶がどんな思いを抱いていようとも、彼女に従う必要はないのだ。

……そう、他人のことならば、契だって冷静でいられるものを。

「ああ、おまえのせいじゃないから、そんな悲壮な顔をしなくていい。俺も恨んじゃいない。……予定は狂ってしまったが」

契は、肩をすくめる。

「桜井、おまえに死なれるのは寝覚めが悪い。こいつが殺したいのは俺だけみたいだし、外に出たほうがいいよ」

「そんなことはできません。組長をお守りできないなら、私はこのまま自害する覚悟です！」

桜井は、きっぱりと言い切った。

「沙耶が悲しむな」

「お嬢さんはどうして、こんなことを」

「あんたが欲しいんだろ」

契の言葉に、桜井は眉を顰める。

彼は困惑しきっていて、沙耶の恋心は最初から実りがないのだということを、残酷にも知らしめていた。

「私は、そういうつもりは……」

「ああ、そうらしいな。……だが、欲しいものを与えられないとき、人はその『欲しかったもの』を壊したくて仕方がなることもあるよ」

契は、独り言のように呟く。

「欲しくてたまらないからこそ」

「私は愚直《ぐちょく》な男です。兄妹の間の複雑な関係はわかりません。……ただ、組長をお守りするべきだということだけは、理解しています」

「桜井……」

今度は、契のほうが困惑してしまう。

どうやら桜井は、妹が慕うには十分すぎるほどの男だったらしい。

(いい男なんだろうな)

こんなときなのに、契は桜井という人間のことを、ようやく知れた気がした。きっと、長束や福留にも、こうして個性はあったのだろう。

ひとりの人間として。

今まで、ろくに見ないようにしていた契は、間違っていたのかもしれない。

自分はどうせ人形で、お飾りの組長でしかないと思っていたが、もしかしたら、特に年が近い幹部とは親しくなることができただろうか。

人間として、つきあえただろうか？

（……俺自身の気の持ちようが、俺をただの人形のままにしていたってことなのかもな）

この土壇場で気がついても、どうしようもない。

それに、なまじ深川組のひとりひとりに情が芽生えてしまったら、契も身動きがとれなくなったかもしれない。

（俺は、『裏切り者』なんだ）

小さく、契は息をつく。

こうなったら、桜井ひとりだけでも、なんとか無事に返さなくては。

「桜井、沙耶のことは心にしまっておけ。そして、生きて帰って、なんでもない顔をして、沙耶のことを女組長として支えてやってほしい」

「お嬢さんのことはともかく、自分は組長と一緒に死ぬ覚悟です」

桜井は頑なだ。

契の提案に、絶対に頷くつもりはないようだった。

「美しいね。それが仁義？　主従愛ってやつ。まあ、なんでもいいや。どうせ、あんたたち死ぬんだし」

ぱちぱちと、猫が楽しそうに手を叩いている。

無邪気な残虐性が、愛くるしい顔立ちにちらついていた。

「待て、桜井は助けるんじゃないのか？」

契は、言葉尻を捉える。

いくらなんでも、桜井まで巻き込みたくない。

そう思ったのは、理屈ではない感情だった。

（深川組の、俺を供物にした連中なんてどうでもいいと、思ってはいたが……）

咄嗟のときに、他人の命を「どうでもいい」とは思えないものだ。言葉をかわした、自分とは無関係とは言えない相手であれば、尚更。

そして、ひとりの人間として見てしまったから……。

（俺にも、人の心があるんだな）

しみじみと、契は噛みしめる。

自分は人間なのだ、と。

「さてね、どうしようか。僕としては、深川組が内乱に陥るのが一番美味しい」

悪童そのものの笑顔で、猫は言う。

「本当にさあ、日本って狭いよね？　シノギも、どうせパイの取り合いなんだ。お行儀よくショバを分け合うよりも、勿論全部食らいつきたいというのが人情っていうものだよね？」

「なんだと……」

桜井は悔しげに呻いた。

「貴様、最初からそのつもりで！」

「なに目くじら立ててんの。殺し合いしようってのは、お互いさまでしょう？」

「……まあ、そうだな」

猫の言葉に、契は軽く頷いた。

猫は、ぱちぱちと瞬きをする。

「組長、結構面白い奴《やつ》だね」

「そうか？」

「自覚ないのか。まあ、どうでもいい話だけど」

猫はしらっとした表情になると、桜井を一瞥する。

「その桜井っていう男を生かして返すほうが、組は割れそうだねえ。それなら、生きて返してあげようじゃないか」

「断る！」

桜井はそう言うと、懐から拳銃を取り出した。

しかし、猫の警護についていた大男が、さっと銃を向けてくる。

お互いに、睨みあいになった。

(俺は完全な足手まといだが、猫はどうだ？　裏社会に長いこといるなら、銃くらい持っているか。

つまり、二対一……)

分が悪い。

花韻頼みで考えていた、深川組の落ち度だ。

そして、契の。

「銃を取り出したところでね。まあ、どうせあんたたち、こっから出られないわけだけどね。大人しくしていたほうが、得じゃない？」

猫は、呆れたように笑う。

「それくらいの計算、できるでしょう。こっちは、あんたたちの護衛の情報もなにから何まで筒抜けで、対策をとってるわけで」

「そうだな」

予定は狂ってしまっている。

冷静を装っているが、契にも焦りはあった。

(せめて、どこかに影があれば)

ライトを四方八方から照らしている関係で、床にも設置されている。

(あれなら、いけるか)

契は、唐突に走りだした。

自分の身の安全を守ることは、考えていなかった。

桜井を生かしたいし……、そしてこうなった以上、ささやかな番狂わせを実行してみたかった。

こんな機会、次にはいつ巡ってくるかもわからないのだから。

「はっ、なに考えてんの!」

猫は驚いたような悲鳴を上げる。

「組長……!」

桜井の叫びに被さるように、大きな破裂音が鳴り響く。

足に、火がついたような痛みが走った。

銃撃されたのだ。

音が続く。

二発目、三発目……。

今しかない。

「桜井、照明を撃て。どれでもいいから！」

叫びながら、契自身も床の照明のひとつを踏みつぶす。

ガラスの割れる音とともに、強烈なライトがひとつ消えた。

桜井も命令すれば躊躇いを見せず、天井のライトをひとつ打ち落とした。がしゃんと、派手にライトが転がり落ちる。

強力な光源で打ち消されていた影が、この倉庫の中にも現れた。

「どうなってんの、銃を怖がらないなんて！」

呆れまじりに、猫は叫ぶ。

「もう面倒だから、殺しちゃえ！」

猫の言葉は、銃声でかき消される。

痛いというより熱いという感覚が、契を貫いた。

（なんで怖がらないかって？　銃が怖いという感情が、実感できないからだ。……俺は人形だからな。外の世界と、感覚が上手くつながってくれない）

契は嘯く。

（だから、人形にしかできないこともある！）

「花韻、来い！」

撃たれた腕を抱えこむように、契は呻く。しかし、それと同時に、首に熱い痛みを感じた。

「……っ！」

嗅ぎ慣れた、血の香りが漂う。

噎ぶようだ。

勢いで吹き飛ぶかのように、契は後ろに倒れた。

「組長！」

桜井が、悲痛な声で契を呼ぶ。

「……血が……」

花韻に独占されていた血が、今、契の体を濡らしていく。

彼に血を吸われたときの恍惚とした状態にはならないものの、血が一度に流れだすと意識が薄れるということを、契は今更のように知った。

「……痛い」

自分も人間なのだ。

撃たれたら痛い。

血が流れて……、もしかして死ぬのだろうか？

意識が完全にブラックアウトする前に、倉庫内の闇がひとつの形をとる。
力なく契が目を閉じた、その瞬間に、契は男の悲鳴が上がるのを聞いていた。

八章

とくりと、心臓が一回脈打つ。

その途端、血の臭いが漂った。

(俺の……血…?)

そう、頭の中に浮かび、ようやく契は意識を取り戻した。

口移しで、血が流しこまれていることに。

そして、流し込まれた血の味が口内にじわりと広がっていくに従って、シャットダウンしていたすべての感覚が、一気に取り戻されたかのようだった。

契は、ゆっくりと目を開ける。

すると、目の前には花韻の姿があった。

(呼べた、のか……)

頭の中に、ぐるぐると意識を失う前の光景が巡りはじめる。

契は撃たれ、倒れた。

死を覚悟していたのだが……。

(生きてる？　……体も痛くない)

自分の今の状態が、理解できない。

花韻の肩越しに見える天井は、打ちっ放しのコンクリート。そして、おびただしい数の照明器具が並んでいた。

自分は、まだ猫と会談したあの倉庫にいるようだ。

でも、自分と花韻以外の人の気配を感じない。

かわりに、濃い血の香が漂い、何度も契は噎せかけた。

「目を覚ましたか」

花韻の口唇は真っ赤で、血の色をしていた。

あれは、誰の血なのだろう？

(血が、あっちこっちについている……)

花韻の衣服には、血が飛び散っていた。

いつもの、契の血を飲むときの彼とは、様子が違いすぎる。

よくよく見れば、花韻の左の胸元の血は、彼自身から流れ出ている。

「まだ、血が足りないようだな」

そう言うと、花韻は自分の左胸へと指で触れる。そして、溢れる血を、指先で掬《すく》い取った。

「どう……して…？」

契は首を傾げる。

なぜ、花韻は胸から血を流しているのだろうか。

そこに、『まだ』契は十字架を突き立てていないのに、花韻は自ら血を流している。返り血の量も多いが、彼の指先や口唇についている血は、もしかしたら本人のものだろうか。

（……俺…は……）

契は無意識のうちに、自分のスーツの内ポケットをまさぐりはじめていた。

そこには、銀の十字架が収められている。

それは、契の『裏切り』の証し。

沙耶と自分とは、間違いなく兄妹だ。

人に執着すると、身を滅ぼすほどの激しさで相手を想ってしまうらしい。

本当は、花韻が猫に手をかけている隙を突き——花韻を殺してやるつもりだった。

どうしたって手に届かない、欲しくてたまらないのに、憎い男を。

他のなににも代えがたい、唯一の存在を。

猫のもとに、自分から赴くと伝えたのは、自分以外の誰かを殺すために気をそらしている花韻ならば、契にも殺せるのではないかと思ったからだ。

自分が花韻の暗殺の場に居合わせることができる機会なんて、こんな時でもなかったら、とても巡ってこなかっただろう。

だから、千載一遇のチャンスだった。

二度とないかもしれない機会だから、譲れなかった。

護衛だって必要なかったのは、花韻を殺すことを邪魔されたくなかったせいだ。

花韻はあくまで、契を身代わり人形としか見てくれない。

でも、もしも彼の胸に十字架を突き立てたら……、彼を滅ぼすという最悪の形で彼に思いの丈をぶつけたら、もしかしたら、契が人間であることに気がついてくれるのかもしれない。

そう考えてしまったのだ。

契は破滅してもよかった。

でも、桜井を死地につれていくつもりはなかった。

死ぬのは、花韻と契だけでいい。だから、話し合いの場に着いたら最初に猫と話をして、お互いに護衛を遠ざけようと持ちかけるつもりでいた。

結局は、話し合いをするどころではなかったのだが。

(所詮、俺の頭の中で考えただけの計画だからな。机上の空論、か)

経験も何もない、人として生きてこなかった存在では、ちゃんと「生きている」人間の心は読み切れないし、その智恵には勝てないということか。

(桜井は、無事だろうか)

沙耶の裏切りで驚愕していた桜井のことを、思い出す。

彼は組に帰ったあと、沙耶を断罪するだろうか。

彼女のせいで追い込まれたとはいえ、契は妹を憐《あわ》れに思う。

それに、何もかもが沙耶の裏切りにされてしまうのは、気の毒な気がした。

(裏切ったのは、俺も同じ……)

猫に、当日の深川組の行動についての情報を与えたのは、契自身だった。

花韻を殺すために邪魔なのは、自分のところの護衛も、黒幣側も同じだった。護衛の情報を流し、注意喚起をしておけば、あちらでそれなりの処理をするだろうと考えていた。

誤算だったのは、沙耶が花韻のことまで密告していたことだ。影を封じられては、花韻を呼べない。

それでは、契の目的が果たせない。

(俺を利用した深川組なんだから、少しくらい利用させてくれたっていいだろう……?)

それを、深川組への復讐だとは言わない。

契には、花韻という目的があった、そのために、ちょうどいい道具が深川組だっただけだ。

（俺だって、同じだろう。物心ついたばかりで、扱いやすい子供が、生け贄にするにはちょうどよかっただけ……）

自分の人生を、契は惜しむことさえできない。

生きることに執着はなかった。

（……でも、桜井は生きていたほうがいい。他の深川組の人々も、沙耶も）

いまだ、彼らに好意があるとは言えないかもしれない。それでも死んでしまったら後味が悪い、契に連なる人々。彼らの無事を確認しなくては……。

体を起こそうとすると、花韻に止められた。

「ああ、まだ動かないほうがいい。血が、巡っていないだろう。もう少し待て。体が、馴染んでくるはずだから」

「どういうことだ？」

「言葉どおりだ」

花韻は、小さく息をつく。

「私の血が、今、おまえの中を巡っている」

「あなたの血が？」

「……ああ、おまえを生まれ還らせるために」

「うま、れ……?」

意識を朦朧とさせながら、契はオウム返しにする。

花韻は、いったい何を言っているのだろうか?

「……その前に、懐の物騒な玩具を手放したほうがいいな。信仰心のない人間が持つ十字架など、私にはなんの意味もないが、おまえには毒だろう。生まれたての赤子のようなものだから」

そう言うと、花韻は契の懐から、十字架を取り出す。

そして言葉どおり、特に苦も無い様子で、それを遠くに放りなげた。

からんと、乾いた音が立つ。

音の方角に目を動かすと、誰か倒れている。

背格好からして、猫だ。

「殺したのか?」

「ああ、おまえを殺そうとした人々を、ふたり。……外の連中は、とりあえず記憶操作をして帰した。

面倒だしな」

「桜井は?」

「同じ処置をした。……今後、なにを思い出したとしても、悪い夢だと思うだけだろう」

「生きているのか……」

ほっとした。

これで、一安心だ。

黒幣側のふたりが殺されたのを、仕方ないこととは言わない。それは、契が言われて一番『嫌なこと』だったから。

(面白そうな男だったのにな)

死を悼むのもおかしい気はするが、契は一瞬だけ、黙禱《もくとう》がわりに目をつぶった。

「……おまえは、なにも案ずることはない」

花韻は優しく囁きかけてくる。

「まずは、当面の処理は終了している。あとのことも、私がどのようにでも始末をつけてやれるから。今は、自分のことだけを考えていなさい」

花韻は自らの左胸を、心臓の位置をまさぐると、そこからまだ溢れているらしい血に指先をひたした。そして、契の口唇に、その血濡れた指で触れる。

「さあ、飲みなさい」

血なまぐさい臭いは、決して心地良いものではないはずだ。けれども、どういうわけか、花韻の血からは甘美な誘惑を感じる。

思わず、彼の指を、血を舐めてしまう。

（美味しい）

そう思ってしまった自分に、契は愕然とした。

これでは、まるで……。

「上手くいったようだな」

契の様子を注意深く観察していた花韻が、ぽつりと呟いた。

「これまでも何度も、生気を交わらせてきたから、あれも下準備のようなものか。あっさり馴染んだようで、本当によかった」

「なにをしたんだ？」

「おまえを正式に、私の眷属《けんぞく》に迎え入れた」

花韻はそっと、契の首筋に触れる。

「ほら、傷もふさがっただろう？」

花韻が撫でているのは、銃弾に貫かれ、血が吹き出したはずの場所だった。

彼の言うとおり、そこの傷はすっかりふさがっているようだ。

痛みもない。

「おまえが血を流しながら倒れこんだ姿を見たときは、私としたことが我を失ってしまった。あの場にいた者を食い尽くしてしまった」

深々と、花韻は息をつく。

「深川組のものを生かしておく理性が残っていたのは、奇跡的だな」

「理性……？」

「大昔の誓いだが、契約は守ろう。彼らには、指一本手を出さないし、守ってやる」

「……昔の女との約束を、律儀に守るんだな」

「魔物の契約とは、そういうものだ」

呟いた途端、どっと徒労感に襲われた。

結局のところ、花韻は彼女に呪縛されている。

契が何をしようとも、それは変わらない。

契が倒れて我を失ったというのも、きっといにしえの契約のためなんだろう。

「守らなくていいのに」

ぽつりと、契は呟いた。

「俺を助けたのも、そうなんだろう？　俺は死んでもよかったのに」

「馬鹿なことを言うな」

花韻は、険しい表情になる。

「おまえは、私の花嫁だ。……死なせはしない」

「……別に、俺じゃなくたって……」

契は低い声で呻く。

「……どうした？」

「なんでもない。……それにしても、吸血鬼というのは、ずいぶん便利な魔物なんだな。よく、あの怪我を瞬く間に塞《ふさ》げたものだ」

「……ああ、さすがの私も、死者を蘇生させるのは無理だな」

そう言いながら、花韻は契の口唇に血を塗り込める。

甘い香りに、陶酔しそうだ。

（なにか、へんだ）

契はうすうす、自分の体の変化を感じはじめていた。

それに、花韻の態度もおかしい。

これまで、契は血を飲まれる一方だった。

彼がこんなふうに、契に自分の血を与えたことなんてないのに……。

そこまで考えて、はっとした。

「俺を、吸血鬼にしたのか」

先ほど十字架を奪われたことといい、それしか考えられない。

「……あなたが駆けつけたとき、俺が死んでいたから？」

「ああ、そうだ」

花韻は、小さく頷いた。

「私は、死者を蘇生させることはできない。だが、眷属として新しい命を与えることはできる……」

「……」

契は無言で、自分の体を見下ろした。

そっと、手のひらを握ってみる。

自分自身のぬくもりが、感じられない。

(冷たい)

そして、鼓動も。

本当に、人間ではなくなってしまった。

さすがに、契は呆然とする。

こんなことになるなんて、考えたこともなかったからだ。

それに、契が花韻の気に入りの人形だったのは、人間ゆえだ。彼に糧を与える、生きた人形だからこそ、手元に置かれていたはずだった。

「なんで、こんな真似を？　俺はあなたの生け贄だろう。吸血鬼にしたら、血が吸えなくなるぞ」

「構わない」

花韻は、きっぱりと言った。

「おまえは、私の花嫁だ」

「どうして？　次の生け贄を要求すればいいだけじゃないか。……別に、俺じゃなくても、かわりを確保できるだろ」

吸血鬼にされたこと自体には、たいして驚きがない。でも、人形から眷属になったところで、契が対等の相手として見てもらえることはないんだろうと思うと、絶望したくなった。

しかも、不死の吸血鬼であれば、それが永劫《えいごう》に続くのだ。

「かわりなんて、存在しない。おまえがいい」

「え……」

その言葉は、あまりにも思いがけないものだった。

契は瞳を大きく見開き、まじまじと花韻を見つめてしまった。

「あなたは、なにを言っているんだ？」

ようやく出てきた言葉は、素っ気ないものだった。

いろいろと、胸のうちで渦巻く思いはあっても、すべて言語化するのは難しすぎた。

「おまえは、私の花嫁だ。そう言っているだろう？」

「わかってる。俺はあなたの花嫁。……あなたをこの血に縛りつけた女の、身代わりだ」

「おまえが、あの女の身代わり？　私は、おまえにあの女を重ねたことはないぞ」

心外だと言わんばかりに、花韻は不快そうな表情になる。

「私にただただ献身的で、この魔物の心にまで罪悪感を抱かせ、深川の血に縛りつけた女……。おまえとは、気性が違いすぎて、重ねるどころではないな」

花韻がはじまりの女のことを、どう思っているのか。そういえば、契は聞いたことがなかった。

そして、契をどう思っているかも。

（重ねるどころじゃ、ない……？）

契のことを、花韻は可愛がってくれた。

私の花嫁と呼び、愛でてくれた。

あれは、契を通して遠い女を愛しているのだとばかり、思っていたのに。

「私は魔物として、永劫を生きる。過去に抱いた想いはあっても、至上の想いは今愛している相手に捧げている」

血まみれの手で、花韻は契を撫でる。

慈しむように。

遠い昔、その手を無邪気に慕った頃の気持ちを、契は思い出していた。

素直になってみれば、いとおしさが触れられた場所から伝わってくる気がした。

「たしかに、おまえには彼女と同じ血が流れている。だが、あの女とおまえは別人だ。おまえは、私にただ愛されてくれて、そして純粋に愛を返してくれた。そのことで、私の孤独をいやしてくれた」

花韻は、静かに呟いた。

「闇の中で孤独だったものは、ただ愛を注ぐ対象がいるだけで、救われることもある。……それがおまえの意思だったわけではないと知っているが。だが、私は救われてしまった。素直で無邪気で、私を一途に慕ってくれたおまえに」

「花韻……」

「これまで私は、人間を愛したことはあっても、いつか別れが来ることを覚悟してきた。そういうものだと思っていたからだ。……ただ、おまえだけは、『そういうもの』と思えなくなってしまった。眷属にしてでも、助けたいと……」

花韻の血が、また口唇に含まされる。

もはやそれが当然のことのように、契はその血を啜った。

「おまえが外の世界に、人間の世界に焦がれていることを知っていたのに、人間としての生と死を奪う罪の深さは自覚していたつもりだが……。それでも、失いたくなかった」

契は、目を大きく見開いた。

「失いたくない……。俺を？」

「ああ、そうだ」

花韻は、小さく頷く。

「おまえだから、失いたくない」

「俺、だから……」

契は、オウム返しにすることしかできない。

思いがけない言葉だった。

(俺は、身代わりじゃなかった？)

愚かな契は、それだけで舞い上がるような心地になっていた。

あれほど自分が供物であることを呪っていたのに、ちゃんと花韻は自分を見ていてくれた。

それが孤独ゆえの歪な愛のかたちだろうと、ちゃんと目の前の契自身を必要としてくれていただけで、もう契は望むものはないとも感じてしまった。

与えられた愛は、ちゃんと契のものだったのだ。

はじまりの女のものでは、なかった。

「外に出たいというのなら、いずれ手放してやろうとも思っていたのにな」

「……俺が組長になることを後押ししたのも、そのせいだったのか」

「幽閉されているも同然の生活の中で、成長したおまえが鬱憤《うっぷん》をため始めているのには気づいていたからな。……だからと言って、深川家がおまえの幽閉状態を解除する様子もなかったし」

「幽閉……？」

契は、首を傾げる。

「……おまえの父は、おまえを外に出すなと。そう組のものたちに言い含めていたようだ。逃げられたら困ると思っていたんだろう。組長という形でも外に出れば、少しは気も紛れるんだろうとは思ったが……」

不愉快そうに、花韻は眉を顰める。

「おまえは自分の美しさに無頓着だし、危険だったな」

「俺が閉じ込められていたのは、あなたの差し金じゃないのか」

父の命令で幽閉されていたと聞いても、もはや契は動揺することもない。息子を生け贄に捧げて組を守ろうとした父なら、なにをしたっておかしくはないだろう。

「私は一度も、私の花嫁を幽閉せよと言ったことはない」

「普通じゃない事情のある子供がふらふらして、人目についたら困るとでも、父は考えたということなのかな。現代は、人の目もあるし。警察や公的機関に介入されるようなことになったら、ヤクザの家だけに面倒なことになっただろうし……」

契が冷静でいられるのは、多分、一番欲しかったものを得たのだとわかっているからだ。

花韻がいるから、もういい。

父のことも、深川組のことも。

「人間の事情はよくわからないが、外の世界には危険しかないということは、よくわかった。私は愛おしいものをまた失うところだったじゃないか」

契を責めるような眼差しで、花韻は見つめてくる。

「無茶をして」

首筋を撫でられて、契は息をつく。

そう、契はそこを撃たれたときに、自分自身が血とともに流れだしていくような感覚を味わった。

意識は闇に飲まれた。

あれが、「死」ということか。

(……気を失っていたんじゃなくて、あのとき、俺は一度死んだんだな)

そして花韻は、契を蘇らせた。

他に替えの効かない存在だという、何よりもの証しであるかのように。

こんなことを喜ぶ契は、たぶん狂っている。

(俺が狂っているのは、今に始まったことじゃないけれど)

もう、ずっと長いこと。

だが、正気になったら、この狂った幸福感を失うのだろうか？

それならば、契は正気などいらない。

花韻の血を分け与えられた体に、力が漲っていくのがわかる。どんどん、契が人でなくなっていく、証のようだった。

「まさか、ああやって影を消されるとは思っていなかったんだ。……でも、それも甘さだな。人として生きた経験のない俺の……」

契は自嘲する。

「……これから、外の世界で生きることもできる」

花韻は、そっと契の額に口唇を押し当てた。

「人ではなく、魔物として。……私の花嫁として」

「暗闇を出て？」

「それだけではなく、深川家すら出られるだろう。そのために、おまえが黒幣との銃撃戦の最中にさらわれたと記憶を書き換えておいた」

花韻の言葉に、契は目を丸くする。

「最初から、俺を連れて出るつもりだったのか」

「おまえは、外の世界に出たそうだったから。……もちろん、望むなら戻ることだって可能だ」

「いや、戻らない」

妹の顔を、ふと思い浮かべる。

裏切り者はお互いさまだ。兄として……というのは面はゆいが、縁のあった男として、彼女を気遣う気持ちはあった。

愚かな恋の結果を彼女がどう受け止めるかはわからないが、契が姿を消すことで、彼女に別のチャンスを与えることになるだろうか。

「外の世界には面白い人間がたくさんいるらしいし、興味があるのは否定しない。……それに、あなたと一緒ならば、俺はどこにでも行ける」

契が起き上がると、今度は花韻も止めなかった。

彼はそっと顔を近づけてくると、契の口唇を奪う。

血の味がするキスだった。


血の香りがする。

死体がふたつも転がっている倉庫の中で、自分だって一度は死んだ場所でもある。

だが、触れ始めると、お互い止まらなくなってしまった。

お互いが、欲しくてたまらない。

血の味のした口づけに興奮してしまったのは、お互いに吸血鬼ゆえか。貪りあうと、花韻と自分が混じり合っていくような、奇妙な感覚にすら捕らえられた。

「あ……っ」

首筋に、牙が当てられる。

慣れた感触に、ぞくぞくした。

契の首筋に食らいついた花韻は、小さく笑う。

「たとえ人の身ではなくなったとしても、おまえの血は魅力的だ。……私の花嫁なのだから」

「花韻……っ」

コンクリの壁に手をつき、床に跪いて。むせかえるような血の臭いにくらくらしながら……、契は陶酔していた。

身代わりなんかじゃない。

花韻は、契を欲しがっている。

契を犯す欲望の熱は、本物だったのだ。

性器を弄られなくても、雌の歓びを植え付けられた穴を弄られなくても、自分が求められているのだと思うだけで、体は熱くなっていく。

「かい、ん……。欲しい、早く……っ」

誘うように、契は腰を揺らす。

「あなた、の……、俺のものだって……、おしえて」

「ああ、勿論だ」

「……んっ、あ……っ、あう……っ！」

服を脱がす暇も惜しむように、背中から入りこんできた花韻の衝動的な肉欲に突き上げられ、契は何度も喘ぶ。

吸血の陶酔も、犯される痛みや苦しさも、何もかもが契の快感でしかなかった。

そして何よりも、欲していた言葉をもらえた。

そのことが、契を酔わせている。

「……愛している、契」

囁く言葉に、思わず涙が溢れる。

彼を欲しがっていた契の気持ちも、『それ』なのだろうか。

考えるだけで、胸がふんわりと熱くなった。

「……俺も」

囁くような声は、花韻にどう届いただろう。

何度も血の味がするキスを繰り返しながら、ようやく二人は結ばれた。

おわり

渚にて

一章

「すごいな、夜の海は本当に果てが見えない」

契《ちぎり》は、声を弾《はず》ませる。

「月明かりを映《うつ》して、まるで鏡みたいだ」

冬の夜、海に人気《ひとけ》はない。

その海に立ち寄ったのは、本当に気まぐれだった。

花韻《かいん》は契を眷属《けんぞく》とし、深川《ふかがわ》家には戻さずに、一緒に全国を旅してまわっている。ずっと家の離れに幽閉されるように生活した身の上である契は、なにもかもが珍しいようで、どこへ行っても楽しそうにしている。

花韻はというと、飽きがくるほど長い年月を生きていることもあり、どこに行ってもみずみずしい感動というものには縁がない。

だが、契が無邪気に喜ぶ表情が、何よりもの楽しみだ。

次はどこに連れていってやろうかと、考えてしまう。

「そんなに喜ぶとは思わなかった」

子供みたいに背伸びをし、水平線を覗《のぞ》きこむ契を穏やかに見つめ、花韻は微笑《ほほえ》んだ。

「海……というよりも、流水はあまり得意ではないが、来てよかった」

「流水が得意じゃない？」

「別に弱点というわけじゃないが、今となってはおまえも同じことになっているだろう。流水を、我々は渡ることができない」

「……ふうん」

好奇心を刺激されたような表情で、契は波打ち際に近づいていく。

物心ついてしばらくしてから花韻とともに幽閉されて育った契は、その肉体年齢のわりに幼い部分も多い。

テレビやインターネットを通じて知識には触れていたし、花韻もよく物語を話して聞かせたり、教養に属することについては教えたりもしたが、なにせ社会経験がほとんどないという特殊な状況で育った挙げ句、契は吸血鬼になった。

どことなく、浮き世離れした部分があるのは当然か。

でも、その浮き世離れした雰囲気も、契の神秘的な美しさを際立たせる。

日の光にほとんど当たることがなく育った契の肌は、抜けるように白い。陶磁器のような、作り物めいた白さは、彼に独特のなまめかしさを与えている。

見慣れた花韻であっても、彼の美しさを前に、息を呑《の》むこともあった。

しかし、花韻が契を愛《め》でたのは、その容姿ゆえではなかった。

幼い契は素直で一途に、花韻を慕ってくれた。

他に頼れる相手もいない状態で、当然のことだったかもしれないが……。しかし、孤独な闇《やみ》の中にいた花韻は、契の素直な一途さに救われた。

やがて大きくなった契が、花韻との生活に不満を抱くようになってからは、花韻も彼との生活が上手くいっているとは思えないようになっていた。

幼い契の素直な一途さを惜しんだことがないと言えば嘘《うそ》になるが、不満を抱きつつも花韻しか目に入っていない複雑な心境も伝わってきたし、その頃には契が花韻をどう思っていようとも、ただただ彼が愛《いと》しくてたまらなかった。

だから、彼の気が紛《まぎ》れるのであればと、外に出て組長になることも止めなかった。

それでも、他の男たちにも魅力を振りまく彼に嫉妬《しっと》し、手ひどい扱いをしてしまったこともあるし、組長になったことで契は人間としての生を終えたのだから、自分の判断が正しいかどうかはわからない。

ただ、今の花韻は幸せだし、契を幸せにしてやれていることだけは、自信がある。

契はずっと、自分は先祖の身代わりだと思って、気持ちが塞《ふさ》いでいたらしい。まさか、契がそんなふうに考えているとは思っていなかったから、聞かされたときには驚いたが……、ああやはり一途な子だなと、嬉しくもあった。

今は、そんな想いの行き違いもない。

幼い頃のような素直さや無邪気さを、契は取り戻した。

そんな彼を愛しく思う。

しかしそれと同時に、想いが通じあう前に、葛藤《かっとう》を抱えつつも、ひたすら花韻を特別なものとして想ってくれていた、かつての契の一途さもまた、格別にいじらしいし、愛している。

(おまえが、おまえである限り、私にとっての愛しい子だ)

波打ち際で遊ぶ契の背中を、花韻は目を細めて見遣る。

「……本当だ、海に入れない。波打ち際で、足が止まってしまう」

契はくるりと花韻を振り返ると、大きく手招きをした。

「ねえ、見て」

「ああ、言ったとおりだろう？」

足が動かないと言う契を抱き寄せて、花韻はそっと顔を寄せる。

夜の潮風に当たった肌は、いつも以上に冷たい。

磁器のように白い契の肌は月光を浴び、いつも以上に艶《つや》めいた色をしているように見えた。

「契」

花韻は、契へと口唇《くちびる》を重ねる。

そっと目を閉じた契は、花韻の背に腕を回した。

「……ん……」

口唇で、お互いの欲望を移し合う。

吸血に伴う性の愉悦《ゆえつ》は、人ならざるものになってしまった契とでは味わえない。

だが、そのかわりに、お互い想いあっていることを知った上で、こうして口づけあうことができる。

幸福な接吻《キス》による快感は、吸血のそれとは比べものにならないほど甘美だった。

口内を舌でまさぐると、契は積極的に舌を絡めてきた。

ぴちゃりと、淫猥《いんわい》な水音が口腔《こうこう》から漏《も》れ出すまでに、それほど時間はかからなかった。


波の音が聞こえる。

いくら人気がないとはいえ、いつ誰が通りかかるともわからない。それでも、熱くなった体は収まりがつかなくて、キスをしながら下半身を擦《こす》りつけてしまったのは、契のほうだった。

快楽に蕩《とろ》けた表情のまま、契は花韻をねだってきた。

欲望に火がつくと、いまいち歯止めがきかなくなるのは、人をやめてしまった後からだ。

「本当に、契は……、私とこうするのが好きだな」

契を背から抱くように膝《ひざ》に乗せた花韻は、小さく忍び笑いを漏らす。

場所が場所だけに、服は脱がない。快楽を分かち合うために必要な場所だけ、ほんの少し衣服を乱れさせている。

裸ではなくて、どこか締め付けるような感覚がつきまとう上に、人の目も気になるのだろう。背徳感や後ろめたさは、セックスのスパイスになった。

「……ん……」

声を殺すように、そしてシャツを持ちあげて乳首をさらけだし愛撫《あいぶ》してもらうために、その裾《すそ》を口で咥《くわ》えた契は、こくこくと、何度でも頷《うなず》く。

花韻に愛撫されることに慣れきっている契の乳首は、キスしただけで固くなっていたらしい。既にそこは、先端が丸まり、しこりみたいに固くなっている。

この固くなったものを潰すように摘《つ》ままれるのが、契はとても好きだ。

「……んっ、ぐ……う……っ！」

「ああ、いい弾力だな。おまえのここは大きくて、弄《いじ》りがいがある」

両方の乳首を揉《も》み、契の望む快楽を与えながら、花韻は微笑んだ。

毎日のように、花韻の愛撫を受け、快楽の色に染まってしまった乳首。乳輪も、男のものとは思えないくらい、大きくなっている。

白い肌の中で、鮮やかな赤い色は官能的すぎる。この体勢では舐《な》めてやれないことが、少し残念にも思えた。

ボリュームのある乳首の先端に、爪を立てる。そこから、乳のかわりに血を飲んだこともある。今でも、くちゅくちゅと吸ってやると、契は恍惚の表情で、そのまま射精してしまうことも珍しくはなかった。

「……ん、う……ぅっ、あ……!!」

シャツの裾が落ちる。

唾液《だえき》でべとべとになったそれを、噛《か》んでいることができなかったのだろう。

快感に弱い契の体は、すぐにぐずぐずになる。そして、力が抜けてしまうのだ。

「……どうした?」

「そこ、ばっか……だめ……っ」

もう、声を抑えている場合じゃないらしい。

契は、切羽詰まった声を上げている。

「……した、……さわって……」

もじもじと膝を擦りあわせるようにしながら、契は哀願《あいがん》する。

見れば、ジッパーだけを下げた状態のデニムのパンツから、契の性器が顔を出している。

触られもしないのに、そこは乳首の快楽だけで勃起してしまっていた。

「下じゃわからないな」

「いじわる……」

「ああ、そうだ。……意地悪をされるのは、好きだろう？」

「あ……っ」

乳首を弄りながら、契の耳たぶに嚙みつく。

吸血の快感を何年にも亘《わた》って味わってきたせいか、契は牙を肌に立てられるのに弱い。今も、花蕾が耳たぶを甘く囓《かじ》っただけで、性器の先端には透明の粒が浮いてしまった。

「……あっ、か……いん……っ」

契の腰がねだるように揺れた瞬間、性器の先端から、先走りがとろりと流れ落ちる。

契の形のいい性器を伝ったそれは、本人にも淡い快感をもたらしたらしい。「はふ……っ」と、気が抜けたような声で、契は喘《あえ》いだ。

「かい、ん……、触って、契の、さわって……ぇ」

懸命に、契は花韻にねだりはじめた。

その淫猥な媚びが、さらに官能を高めていくことを、契は知っている。そして、その歓喜に素直に浸ることに、いまや躊躇《ためら》いがなかった。

「ちぎりのおち……ちん、さわって……っ」

契は大胆に、膝を左右に開いた。

反り返った契のものは、ひっきりなしに先走りを溢《あふ》れさせている。少し触ってやれば、すぐにでも射精をしそうだ。

「さあ、どうしよう」

「ひゃあっ」

「乳首を触ったままでも、射精できるだろう？」

「やっ、すぐが……いい……っ」

「契は欲しがりだな」

「……だって、すき……好き、だからぁ……」

涙声混じりに訴えられると、花韻も弱い。

「……ああ、そうだったな。可愛い私の花嫁」

「……あんっ」

左の胸を摘まんだまま、右を愛撫していた指先で、望みどおり契に触れてやる。

意地悪を言っても、焦《じ》らしても、それはすべて快感のためだ。契を、痛めつけたいわけじゃない。

「……かい……ん、手、きもちい……い…」

軽く扱《しご》いてやっただけで、契の性器は大きく張り詰める。

「もっと……して、もっと……、花韻のも、ほし……い……」

「……私が？」

「うん……」

歓《よろこ》びをこらえきれない契は、すすり泣くような声を上げた。

「あな、うずうずして……、いれて……ほし…」

「こんな場所で欲しがるなんて、本当に契はいけないない子だな」

「……うん……」

恥じらいながらも、契は腰を擦りつけてくる。花韻の性器を刺激して、挑発するのだ。早くそれを、使ってほしいと。

「では、自分で押さえていなさい。一緒に……」

「あ……っ」

契の腰を浮かせると、彼は心得たように前に手をついた。そして、自ら尻《しり》を突き出して、パンツを下げはじめる。

不安定な姿勢で、扇情的に契の体は揺らめいていた。

「……花韻、きて……」

自分の臀部《でんぶ》をまさぐって、女の歓びを知る穴を強調するように、契は指先でさすってみせた。

彼が言うように、そこは花韻の欲望を欲しがって、息づくようになっている。

「……好き……」

大胆なことをしているのに、告白だけはいつも、はにかむように契は囁《ささや》く。そんな彼が愛しくて溜まらず、花韻は力強く抱きしめた。

「愛している」

言葉はシンプルだ。でも、伝わるならば、それでいい。

花韻は愛おしいつがいと、歓喜とともにつながっていった。

二章

熱の余韻《よいん》が覚めないまま、契は花韻と体を離した。

夜の砂浜で、花韻が欲しくてたまらなくなった。

欲しがるままに与えられる歓びを、身繕いしながらも契は噛みしめる。

(……これは)

足下に落ちていた新聞に気がついて、ふと契は眉《まゆ》を顰《ひそ》めた。

だが、手をとることはなかった。

深川組の若き女組長という文字が見えたが、それも既に色あせている。時間の流れが人と違うから、自分が彼女に最後に会ったのが、何年前なのかもわからない。

契は、小さく笑った。

よかったと思うのも、ほっとしたというのも、少し違う。

ただ、彼女の名を見かけたときに、胸を満たしたのは懐かしさだけで、少しだけ優しい気持ちになれて、静かに契は息をついた。

「契、どうかしたのか」

契の頬《ほお》についた砂を払いながら、花韻は問いかけてくる。

もはや不死者である自分たちには、ぬくもりなんてないはずだ。でも、彼に触れられると、やはり温かいと感じてしまう。

「なんでもない」

契は微笑んで、花韻に腕を絡める。

花韻に愛撫された体の火照《ほて》りが、まだ全身に残っていた。

これぱかりは、夜風でも冷ますことはできないらしい。

こうして寄り添いあっていると、また抱いてほしくなっている。体内にはまだ、花韻の放った欲望が留まり、濡れているというのに。

欲しい気持ちに、際限はなかった。

(この男は、俺のものなんだ)

契は花韻の二の腕に、頬をすり寄せる。

幸福を嚙みしめながら、契は尋ねた。

「さあ、次はどこに連れていってくれるんだ?」

「おまえが望むなら、どこへでも」

優しい言葉を紡ぐ口唇に、少し背伸びして契はキスを求める。与えられるキスは血の味よりなお甘かった。

波が寄せて、二人の足跡を消していく。
もう、後ろを振り返ることはない。

おわり

あとがき

こんにちは、あさひ木葉《このは》です。

今回はエロスを目指して、吸血鬼です！

吸血鬼って、どうしてあんなにエロスな雰囲気なんでしょうね。私は、一番エッチな職業じゃないかなって思ってます（職業？）。

そんなわけで、今回は吸血鬼の生け贄になったヤクザの子供が、いきなり組長になれって言われて……という話ですが、すべてはエロ万歳という感じの展開になっています。

淫靡な感じにしたいなあと思ったら、途中迷走して、担当さんにご迷惑をおかけしたのが本当に申し訳なかったのですが……。書き終わった今は、もっとエロにできたかなという気もしているのですが、また次作でそこは追求していけたらと思っています。読者さんに、楽しく読んでいただけたら、嬉しいです。


さて、今回のイラストは東野海《とうのうみ》先生です。以前も、とても色っぽく、美しいイラストを描いていただいたことがあるのですが、今回はその時よりもさらにパワーアップした美しいイラストをいただきました。本当にありがとうございました！


さて、ここまでおつきあいくださいましたみなさん、本当にありがとうございます。今回のお話は、いかがでしたでしょうか。少しでも、萌えていただけたなら、すごく嬉しいです。お気軽に、ご意見聞かせてくださいね。

お仕事に本格的に復帰しはじめて、まだ手探りな部分も多いのですが、少しずつ元のように書けるようになれたら嬉しいな、と思っています。

これからも、よろしくお願いします。

また、どこかでお会いできますように。

あさひ木葉

執着チョコレート《しゅうちゃくチョコレート》

葵居ゆゆ
イラスト：**カワイチハル**

本体価格870円+税

高校生の頃の事故が原因で記憶喪失となった在澤啓杜は、ショコラティエとして小さな店を営んでいた。そんなある日、店に長身で目を惹く容姿の高宮雅悠という男が現れる。啓杜を見て呆然とする高宮を不思議に思うものの、自分たちがかつて恋人同士だったと聞かされて驚きを隠せない啓杜。「もう一度こうやって抱きしめたかった」と、どこか縋るような目で見てくる高宮を拒めない啓杜は、高宮の激しくも甘い束縛を心地よく思いはじめるが…。

リンクスロマンス大好評発売中

あまい恋の約束《あまいこいのやくそく》

宮本れん
イラスト：**壱也**

本体価格870円+税

明るく素直な性格の唯には、モデルの脩哉と弁護士の秀哉という二人の義理の兄がいた。優しい脩哉としっかり者の秀哉に、幼い頃から可愛がられて育った唯は、大学生になった今でも過保護なほどに甘やかされることに戸惑いながらも、三人で過ごす日々を幸せに思っていた。だがある日、唯は秀哉に突然キスされてしまう。驚いた唯がおそるおそる脩哉に相談すると、脩哉にも「俺もおまえを自分のものにしたい」とキスをされ…。

君が恋人にかわるまで

きみがこいびとにかわるまで

きたざわ尋子

イラスト：カワイチハル

本体価格870円+税

会社員の絢人には、新進気鋭の建築デザイナーとして活躍する六歳下の幼馴染み・亘佑がいた。十年前、十六歳だった亘佑に告白された絢人は、弟としてしか見られないと告げながらも、その後もなにかと隣に住む亘佑の面倒を見る日々をおくっていた。だがある日、絢人に言い寄る上司の存在を知った亘佑から「俺の想いは変わってない。今度こそ俺のものになってくれ」と再び想いを告げられ…。

リンクスロマンス大好評発売中

追憶の果て 密約の罠

ついおくのはて　みつやくのわな

星野 伶

イラスト：小山田あみ

本体価格870円+税

元刑事の上杉真琴は、探偵事務所で働きながらある事件を追っていた。三年前、国際刑事課にいた真琴の人生を大きく変えた忌まわしい事件を──。そんな時、イタリアで貿易会社を営む久納が依頼人として事務所を訪れる。依頼内容は「愛人として行動を共にしてくれる相手を探している」というもの。日本に滞在中、パーティや食事会に同伴してくれる相手がほしいと言うが、なぜかその愛人候補に真琴が選ばれ更に久納とのホテル暮らしを強要される。軟禁に近い条件と、久納の高圧的で傲慢な態度に一度は辞退した真琴だが、「情報が欲しければ私の元に来い」と三年前の事件をほのめかされ…。

掌の檻《てのひらのおり》

宮緒 葵
イラスト：**座裏屋蘭丸**

本体価格870円+税

会社員の数馬は、ある日突然、友人にヤクザからの借金の肩代わりさせられ、激しい取りたてにあうようになった。心身ともに追い込まれた状態で友人を探すなか、数馬はかつて互いの体を慰めあっていたこともある美貌の同級生・雪也と再会する。当時儚げで劣情をそそられるような美少年だった雪也は、精悍な男らしさと自信を身につけたやり手弁護士に成長していた。事情を知った雪也によってヤクザの取りたてから救われた数馬は、彼の家に居候することになる。過保護なほど心も体も甘やかされていく数馬だったが、次第に雪也の束縛はエスカレートしていき…。

リンクスロマンス大好評発売中

黒曜の災厄は愛を導く《こくようのさいやくはあいをみちびく》

六青みつみ
イラスト：**カゼキショウ**

本体価格870円+税

黒髪黒瞳で普通の見た目である高校生の鈴木秋人は、金髪碧眼で美少年の苑宮春夏と学校へ行く途中、突然穴に落ちてしまった春夏を助けようとし……なんと二人一緒に、異世界・アヴァロニス王国にトリップしてしまう。どうやら秋人は、王国の神子として召還された春夏の巻き添えとなったかたちだが、こちらの世界では、黒髪黒瞳の外見は『災厄の導き手』と忌み嫌われ見つかると殺されてしまう存在だった。そんな事情から、唯一自分を認めてくれた、王国で四人いる王候補の一人であるレンドルフに匿われていた秋人だったが、あるとき何者かに攫われ…。

理不尽にあまく《りふじんにあまく》

きたざわ尋子
イラスト：**千川夏味**

本体価格870円+税

大学生の蒼葉は、小柄でかわいい容姿のせいか、なぜか変な男にばかりつきまとわれていた。そんなある日、蒼葉は父親から護衛兼世話係をつけ、同居させると言われてしまう。戸惑う蒼葉の前に現れたのは、なんと大学一の有名人・誠志郎。最初は無口で無愛想な誠志郎を苦手に思っていたが、一緒に暮らすうちに、思いもかけず世話焼きで優しい素顔に触れ、甘やかされることに心地よさを覚えるようになった蒼葉は…。

リンクスロマンス大好評発売中

誓約のマリアージュ《せいやくのマリアージュ》

宮本れん
イラスト：**高峰 顕**

本体価格870円+税

凛とした容貌で英国で執事として働いていた立石真は、日本で新しい主人を迎える屋敷に雇われることになる。真の主人になったのは、屋敷の持ち主だった資産家の隠し子・高坂和人。これまでに出会ったどの主人とも違う、大らかな和人の自由奔放な振る舞いに最初は困惑するものの、次第にその人柄に惹かれていく真。そんなある日、和人に見合い話が持ち上がる。どこか寂しく思いつつも、執事として精一杯仕えていこうと決心した真だが、和人から「女は愛せない。欲しいのはおまえだ」と思いもかけない告白をされ…。

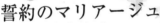

リアルライフゲーム

夜光 花
イラスト：海老原由里
本体価格855円+税

華麗な美貌の佳宏は、八年ぶりに幼馴染みの平良と再会する。学生時代は友人の透矢、翔太の四人でよく遊んでいた。久しぶりに皆で集まりゲームをしようとの平良の提案で四人は集まるが、佳宏は用意されたものを見て愕然とする。そのゲームは、マスの指示をリアルに行う人生ゲームだったのだ。しかもゲームを進めるにつれ、シールで隠されたマスにはとんでもない指令が書かれていることを知り…。
指令・隣の人とセックス——。

忘れないでいてくれ《わすれないでいてくれ》

夜光 花
イラスト：朝南かつみ
本体価格855円+税

他人の記憶を覗き、消す能力を持つ清廉な美貌の守屋清涼。見た目に反して豪放磊落な性格の清涼は、その能力を活かして生計を立てていた。そんなある日、ヤクザのような目つきの鋭い秦野という刑事が突然現れる。清涼は重要な事件を目撃した女性の記憶を消したと詰られ脅されるが、仕返しに秦野の記憶を覗き、彼のトラウマを指摘してしまう。しかし、逆に激昂した秦野は、清涼を無理矢理押し倒し、蹂躙してきて——。

悪魔伯爵と黒猫執事《あくまはくしゃくとくろねこしつじ》

妃川 螢
イラスト：古澤エノ
本体価格855円+税

ここは、魔族が暮らす悪魔界。

上級悪魔に執事として仕えることを生業とする黒猫族・イヴリンは、今日もご主人さまのお世話に明け暮れています。それは、ご主人さまのアルヴィンが、上級悪魔とは名ばかりの落ちこぼれ貴族で、とってもヘタれているからなのです。そんなある日、上級悪魔のくせに小さなコウモリにしか変身できないアルヴィンが倒れていた蛇蜥蜴族の青年を拾ってきて…。

リンクスロマンス大好評発売中

悪魔公爵と愛玩仔猫《あくまこうしゃくとあいがんこねこ》

妃川 螢
イラスト：古澤エノ
本体価格855円+税

ここは、魔族が暮らす悪魔界。

上級悪魔に執事として仕えることを生業とする黒猫族の落ちこぼれ・ノエルは、森で肉食大青虫に追いかけられているところを悪魔公爵のクライドに助けられる。そのままひきとられたノエルは執事見習いとして働きはじめるが、魔法も一向に上達せず、クライドの役に立てず失敗ばかり。そんなある日、クライドに連れられて上級貴族の宴に同行することになったノエルだったが…。

この本を読んでのご意見・ご感想をお寄せ下さい。

〒151-0051
東京都渋谷区千駄ヶ谷4-9-7
(株)幻冬舎コミックス　リンクス編集部
「あさひ木葉《このは》先生」係／「東野《とうの》 海《うみ》先生」係

LYNX ROMANCE
リンクス ロマンス

夜の男

2016年5月31日　第1刷発行

著者……………あさひ木葉《このは》
発行人…………石原正康
発行元…………株式会社　幻冬舎コミックス
〒151-0051　東京都渋谷区千駄ヶ谷4-9-7
TEL 03-5411-6431（編集）
発売元…………株式会社　幻冬舎
〒151-0051　東京都渋谷区千駄ヶ谷4-9-7
TEL 03-5411-6222（営業）
振替00120-8-767643
印刷・製本所…株式会社　光邦
検印廃止

ISBN978-4-344-83702-7 C0293
Printed in Japan

幻冬舎コミックスホームページ　http://www.gentosha-comics.net